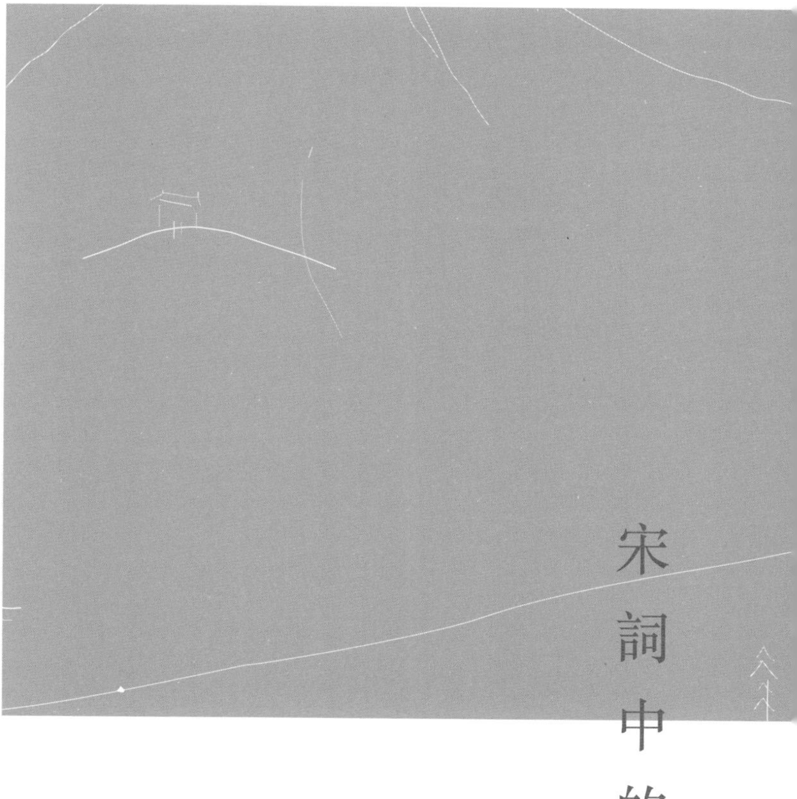

宋詞中的旅遊（下）

詩詞中的旅遊 系列

李金早 主編

中華教育

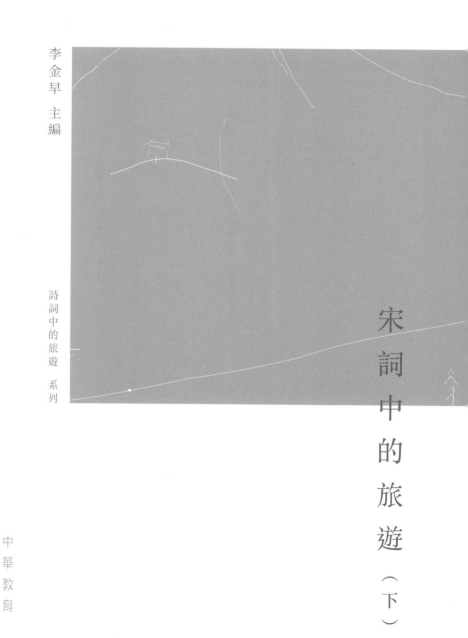

第六章

看盡巴山看蜀山

第七章 · 東南形勝，三吳都會

第八章 飛雪萬里龍庭

第九章

雪浪横江千頃白，倚天無數開青壁

第十章

無限春風來海上

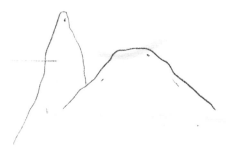

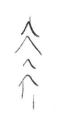

第六章

看盡巴山看蜀山

「蜀道難難於上青天」，但是成都平原沃野千里，依仗都江堰的水利工程，自古以來富足豐饒，有「天府之國」之美譽，還擁有武侯祠、杜甫草堂、永陵、望江樓、青羊宮、文殊院、明蜀王陵、昭覺寺等眾多歷史名勝古跡和人文景觀。柳永、仲殊等詞人從各個角度對成都市井的繁華景象進行了具體的鋪寫，表達嬉遊享樂、享受生活、親近自然的樂趣。蘇軾不斷從精神上對自己的家鄉頻頻回望。而巴山蜀水雄奇峻險的獨特風貌，則給予陸游這樣的愛國詞人深刻的觸發，其詞貫注着詞人對民生、國運的關切，蕩氣迴腸。

（一）

一寸金

柳永

井絡[1]天開，劍嶺[2]雲橫控西夏。地勝異、錦里風[3]流，蠶市[4]繁華，簇簇歌台舞榭。雅俗多遊賞，輕裘俊、靚妝豔冶。當春晝，摸石[5]江邊，浣花溪[6]畔景如畫。

夢應三刀[7]，橋名萬里[8]，中和政多暇[9]。仗漢節[10]、攬轡澄清[11]，高掩武侯[12]勛業，文翁[13]風化。台鼎[14]須賢久，方鎮靜、又思命駕。空遺愛，兩蜀三川[15]，異日成嘉話。

注釋

❶ 井：星宿名，即井宿，二十八宿之一。絡：籠罩。古時根據天空星宿位置劃分地上相應區域，井星恰對蜀地，故井絡指蜀地。

❷ 劍嶺：指大小劍山，位於川陝之間，中有劍閣，勢為天險。

❸ 錦里：即錦官城。晉代常璩《華陽國志·蜀志》記載：「錦工織錦，濯其中則鮮明，他江則不好，故命曰錦里也。」後即以錦里為成都之代稱。

❹ 蠶市：買賣蠶具的集市。成都自古蠶桑特盛，古稱成都為蠶市。

❺ 摸石：據《月令廣義》載，成都三月有海雲山摸石之遊，占生子之兆。得石者男，得瓦者女。

❻ 浣花溪：錦江的支流，又名百花潭，在成都市西郊。

❼ 夢應三刀：《晉書·王浚傳》：「浚夜夢懸三刀於臥屋樑上，須臾又益一刀，浚驚覺，意甚惡之。主簿李毅再拜賀曰：『三刀為州字，又益一者，明府其臨益州乎？』……果遷浚為益州刺史。」後常用為官吏升調的典故。益州，所治為今成都市。

❽ 橋名萬里：萬里橋在成都市南錦江上。三國時蜀費禕出使吳，諸葛亮於此餞行，禕曰：「萬里之路，始於此橋。」因而得名。

❾ 中和政多暇：意為以中庸之道處理政務，則諸事和諧，政事十分閑暇。

❿ 仗漢節：此指奉旨赴任，治理蜀地。仗，執持。節，符節，古代使者所持，以做憑證。

⓫ 攬轡澄清：指官吏初到任即能澄清政治，穩定局面。

⓬ 武侯：諸葛亮。劉禪追謚其為忠武侯，後世常以武侯、諸葛武侯尊稱諸葛亮。

⓭ 文翁：漢廬江舒（今安徽廬江西南）人，景帝時任蜀郡守，興文教、舉賢能、修水利，政績卓著。

⓮ 台鼎：古代稱三公或宰相為台鼎。此指朝廷。

⓯ 兩蜀三川：泛指蜀地。兩蜀，指東蜀、西蜀。三川，唐以劍南東、劍南西、山南西三道為三川。

背景

柳永（約 987～約 1053），崇安（今福建武夷山）人。北宋詞人，婉約派最具代表性的人物之一。原名三變，字景莊。後改名永，字耆卿。排行第七，又稱柳七。以畢生精力作詞，並以「白衣卿相」自許。

此詞作於北宋慶曆四年（1044），為柳永在成都為投獻某地方官而作。據考證，有可能是為益州太守蔣堂而作。上闋着重描繪蜀地的自然風光、風土人情，突出了地勢的雄偉和地理位置的重要，寫得頗有氣勢。接着具體鋪寫成都市井的繁華景象。但既然是投獻之作，難免要歌功頌德。下闋連用數個典故，極力讚賞蜀地地方官的抱負和才幹，頗有溢美之詞。

旅遊看點

錦里　由成都武侯祠博物館恢復修建，作為武侯祠（三國歷史遺跡區、錦里民俗區、西區）的一部分，街道全長 550 米。現為成都市著名步行商業街，為清末民初建築風格的仿古建築，以三國文化和四川傳統民俗文化為主要內容。古街佈局嚴謹有序，酒吧娛樂區、四川餐飲名小吃區、府第客棧區、特色旅遊工藝品展銷區錯落有致。與北京王府井、武漢江漢路、重慶解放碑、天津和平路等老牌知名街市齊名，號稱「西蜀第一街」，被譽為「成都版清明上河圖」。

武侯祠　是中國惟一的君臣合祀祠廟，由劉備、諸葛亮蜀漢君臣合祀祠宇及惠陵組成。成都武侯祠為國務院公佈的首批全國重點文物保護單位，也是首批國家一級博物館。

234 年 8 月，諸葛亮因積勞成疾，病卒於北伐前線的五丈原（今陝西省寶雞市岐山縣城南約 20 公里），時年 54 歲。諸葛亮為蜀漢丞相，生前曾被封為「武鄉侯」，死後又被蜀漢後主劉禪追謚為「忠武侯」，因此歷史上尊稱其祠廟為「武侯祠」。全國最早的武侯祠在陝西省漢中的勉縣（沔縣），但目前最有影響的是成都武侯祠。

（二）

臨江仙

蘇軾

送王緘

忘卻成都來十載，因君未免思量。憑[1]將清淚灑江陽。故山知好在，孤客自悲涼。

坐上別愁君未見，歸來欲斷無腸。殷勤且更盡離觴[2]。此身如傳舍[3]，何處是吾鄉！

注釋

❶ 憑：憑仗，煩請。

❷ 觴：古代酒器。

❸ 傳舍：泛指古時供旅人休息住宿的處所。

背景

蘇軾（1037～1101），字子瞻，一字和仲，號東坡居士。眉州眉山（今屬四川省）人。嘉祐二年（1057）進士。與父蘇洵、弟蘇轍合稱「三蘇」。其文縱橫恣肆，為「唐宋八大家」之一。

這首詞作於蘇軾任杭州通判期間。這裏的成都，泛指蘇軾和妻子的家鄉四川一帶。蘇軾妻子王弗於北宋至和元年（1054）嫁到蘇家以後，一直在蘇軾身邊充當賢內助，夫妻感情深篤。不料治平二年（1065），王弗突然染病身亡，年僅 26 歲。從王弗歸葬眉山，到寫這首詞時妻弟王緘到杭州看望蘇軾，期間恰好大致「十載」。這首詞從由王緘的探望所引發的惆悵之情寫起，悼亡之痛、思鄉之情、孤客之悲纏繞在一起，「欲斷無腸」寫得沉痛至極。此詞與蘇軾上書談論新法的弊病有關，因此，這裏的種種情緒，也包含着政治風波的動盪之感。

眉山 —— 三蘇祠　眉山位於成都平原西南部，是蘇軾的故鄉，名人輩出，人文旅遊資源豐富。除此之外，眉山還有許多美麗的自然景觀，如瓦屋山國家森林公園、黑龍潭風景名勝區、彭祖山、彭山江口漢崖墓、牛角寨大佛、中岩寺等。其中，三蘇祠是蘇洵、蘇軾、蘇轍的故居。原為五畝庭院，元代改宅為祠，明末毀於兵火，清康熙四年（1665）在原址模擬重建。

祠內供奉陳列有三蘇及子孫、女眷塑像，還供奉有眉山始祖蘇味道畫像和歷代先祖牌位；有木假山堂、古井、洗硯池、荔枝樹等蘇家遺跡；碑廊陳列石碑 150 通，其中宋、明、清、民國碑約 30 通，蘇東坡手跡刻石 80 通。除此之外，館內還收藏有上萬件有關三蘇的文獻資料和文物，是蜀中最負盛名的人文景觀。

（三）

河滿子

湖州作，寄益守馮當世

見說岷峨淒愴[1]，旋聞江漢澄清。但覺秋
來歸夢好，西南自有長城[2]。東府[3]三人最少，
西山八國初平[4]。

莫負花溪[5]縱賞，何妨藥市[6]微行。試問當
壚[7]人在否，空教是處聞名。唱著子淵新曲[8]，
應須分外含情。

蘇軾

注釋

❶ 岷峨淒愴：指岷、峨一帶動盪不安的局面。

❷ 長城：長城本義是古代北方為防備匈奴所築的城牆，東西連綿長至萬里，引申為守護國家安全的能臣良將。南朝宋檀道濟被文帝收捕，怒曰：「乃壞汝萬里長城！」唐李績守並州，突厥不敢南侵，唐太宗誇他是「賢長城遠矣」。

❸ 東府：五代、宋時尚書省的別稱。這句是指馮當世任參知政事的時候，在宰執中年紀最輕。

❹ 西山八國初平：韋皋於唐德宗貞元九年（793）任劍南西川節度使，出兵西山破吐蕃軍，招撫原附吐蕃的西山羌族八個部落，「處其眾於維、霸、保等州，給以種糧、耕牛，咸樂生業」（《舊唐書》）。這裏借用韋皋典故以指馮當世安撫諸蕃部的功績。

❺ 花溪：浣花溪，在成都城西郊。陸游《老學庵筆記》卷八載：「四月十九日，成都謂之浣花。遨頭宴於杜子美草堂滄浪亭。傾城皆出，錦繡夾道。自開歲宴遊，至是而止，故是盛於他時。」

❻ 藥市：在成都城南玉局觀。陸游《老學庵筆記》卷六謂「成都藥市以玉局化為最盛，用九月九日」；其《漢宮春》詞以「重陽藥市」與「元夕燈山」為對，可見其盛況。

❼ 當壚：指卓文君當壚賣酒的故事。《史記．司馬相如列傳》載，司馬相如與卓文君「俱之臨邛，盡賣其車騎，買一酒舍酤酒，而令文君當壚。相如身自著犢鼻褌，與保庸雜作，滌器於市中」。壚：舊時酒館裏安放酒甕的土台子，亦指酒館。

❽ 子淵新曲：漢宣帝時，蜀人王褒字子淵，有俊才，為益州刺史王襄作《中和》《樂職》《宣佈》等頌詩，言當地在王襄的治理下，政治和平，百官各得其職，風化普洽，無所不被。詩成，選好事者依《鹿鳴》之聲，習而歌之。歌曲傳入朝廷，命徵王褒入都。這裏借王褒稱美王襄的故事，表歌頌馮當世之意。

背景

蘇軾，見第一五頁《臨江仙》（忘卻成都來十載）。

此詞作於熙寧九年（1076），蘇軾即將由湖州調任密州之時，是他臨行前為寄馮京（字當世）而作。詞中稱頌了馮京令江漢澄清的文治武功，刻畫了成都的風土人情，同時含蓄地抒發了歷史感慨。

旅遊看點

成都浣花溪公園　是浣花溪歷史文化風景區的核心區域，北接杜甫草堂，東連四川省博物館。浣花溪公園以杜甫草堂的歷史文化內涵為背景，運用現代園林和建築設計的前沿理論，以自然雅致的景觀和建築突顯川西文化醇厚的歷史底蘊，是一座將自然景觀和城市景觀、古典園林和現代建築藝術有機結合的城市公園。園內山水交融，花草樹木綠蔭蔽日，由萬樹山、滄浪湖和白鷺洲三大景點組成，浣花溪和幹河兩條河流穿園而過，是成都最大的開放式城市森林公園，形象地演繹了杜甫的詩意韻味。

（四）

水調歌頭

京鏜

伏蒙都運、都大、判院以某新建駟馬樓落成有日，寵賜佳詞，為郡邑之光，輒勉繼嚴韻，以謝萬分。

百堞[1]龜城北[2]，江勢遠連空。杠梁濟涉，渾似溪澗飲長虹。覆以翬[3]飛華宇，載以魚浮疊石[4]，守護有神龍。好看發源水[5]，滾滾盡流東。

司馬氏[6]，凌雲氣，蓋羣公。當年題柱[7]，從此奏賦動天容。果駕軺車使蜀[8]，能致諸蠻臣漢，邛筰[9]道仍通。寄語登橋者，努力繼前功。

注釋

❶ 堞：城上的矮牆。

❷ 龜城：成都的別名。

❸ 翬（huī）：羽毛五彩的野雞。「翬飛」形容宮室壯麗。這裏是說橋上有華麗的飛簷覆蓋，猶如翬鳥鼓翼。

❹ 魚浮疊石：相傳索離國王與侍婢生子名曰東明，善射，後逃亡，以弓擊水，魚鱉浮而為橋，遂得救為扶餘國王。這裏是說橋下有層疊的石礅負載，形如鱉魚浮游。

❺ 發源水：古人認為長江源於蜀中。《尚書・禹貢》云：「岷山導江。」

❻ 司馬氏：指司馬相如。

❼ 題柱：《華陽國志》謂成都城北舊有清遠橋，相如離蜀赴長安，曾題辭於此，曰：「不乘赤車駟馬，不過汝下也。」

❽ 軺車使蜀：指司馬相如奉命出使巴蜀一事。漢建元六年（前135），唐蒙徵發四川吏卒及百姓萬餘人，開闢通夜郎僰（bó）中（今貴州北部、四川南部）道路，引起川民不滿，武帝「乃拜相如為中郎將，⋯⋯至蜀，蜀太守以下郊迎，縣令負弩矢先驅，蜀人以為寵」。軺車：奉使者和朝廷急命宣召者所乘的車。

❾ 邛筰（qióng zuó）：漢時的邛都、筰都。

背景

京鏜（1138～1200），字仲遠，晚號松坡居士，豫章（今江西南昌）人。紹熙二年（1191），召為刑部尚書。慶元二年（1196）拜右丞相，六年進左丞相，封翼國公。卒後贈太保，謚文忠，後改謚莊定。有詩集七卷、詞集《松坡居士樂府》二卷，《文獻通考》傳於世。駟馬橋（據學者考證，「樓」字係「橋」字之誤）落成之日，當地地方官員均有詞致賀，故京鏜作此詞奉和。這首詞寫出了駟馬橋的不凡氣勢，並以對司馬相如功業的讚美勸誡後人。

旅遊看點

岷江　為長江上游支流，在四川省中部，源頭位於川西北松潘縣和九寨溝縣交界的弓杠嶺，在宜賓匯入長江，全長 793 公里，是長江水量最大的支流。有名的古代水利工程都江堰就在岷江，大渡河為其最大支流。

位於它中部的峨眉山，既是佛教聖地，也是國家 5A 級旅遊景區；在樂山市岷江幹流左側山崖有一座以山石鑿刻的彌勒摩崖造像，通稱「樂山大佛」，高約 70 米，開鑿於唐代，斷續歷時 90 年才完工，是中國最大的石刻造像，是世界文化與自然雙重遺產；岷江上游的森林茂密地帶，是世界上僅有的大熊貓棲息地。

（五）

訴衷情

黃庭堅

在戎州登臨勝景，未嘗不歌漁父家風，以謝江山。門生請問：先生家風如何？為擬金華道人[1]作此章。

一波才動萬波隨，蓑笠[2]一鈎絲。金鱗[3]正在深處，千尺也須垂。

吞又吐，信還疑，上鈎遲。水寒江靜，滿目青山，載月明歸。

注釋

❶ 金華道人：唐代詩人張志和。自號煙波釣徒，東陽金華（今屬浙江）人。曾寫有《漁歌子》五首。

❷ 蓑笠：這裏指披蓑衣、戴斗笠的漁翁。

❸ 金鱗：指鱗光閃閃的魚。

背景

黃庭堅（1045～1105），字魯直，自號山谷道人，晚號涪翁，又稱豫章黃先生，洪州分寧（今江西修水）人。北宋詩人、詞人、書法家，為盛極一時的江西詩派開山之祖，與杜甫、陳師道和陳與義素有「一祖三宗」（黃為其中一宗）之稱。與張耒、晁補之、秦觀都游學於蘇軾門下，合稱為「蘇門四學士」。

北宋紹聖二年（1095），詞人因修《神宗實錄》不實的罪名，被貶黔州（今重慶彭水）。紹聖四年春天，黃庭堅表兄張向提舉夔州路常平，為避親嫌，十二月壬寅，詔黃庭堅移戎州（今四川宜賓）安置。黃庭堅在戎州廣交朋友，遍遊名勝，為人題字畫、作序、寫碑誌，酬詩韻。詞人在戎州之時，登臨覽勝，目盡青天，於是化用船子德誠禪師《撥棹歌》：「千尺絲綸直下垂，一波才動萬波隨。夜靜水寒魚不食，滿船空載月明歸。」（《五燈會元》）寫下了這首詞，表達放下執着，萬緣隨心，寧靜澹泊，無欲無求的體悟。雖然詞人在被貶的生活中並非真的能做到完全超脫，但置身於江天之間，「水寒江靜，滿目青山，載月明歸」的自然超妙之景象，還是滌盪了詞人的襟懷，使他獲得了某種覺悟。

旅遊看點

宜賓是著名的中國歷史文化名城，素有「西南半壁古戎州」的美譽，因金沙江、岷江在此匯合，長江至此始稱「長江」，故宜賓也被稱為「萬里長江第一城」。宜賓風景名勝眾多。

蜀南竹海 位於宜賓市長寧、江安兩縣交界之處，面積 120 平方公里，核心景區 44 平方公里，植被覆蓋率達 87%，7 萬餘畝翠竹覆蓋了 27 條峻嶺、500 多座峯巒，被譽為竹的海洋、翠甲天下，與恐龍、石林、懸棺並稱川南四絕。蜀南竹海素以雄、險、幽、峻、秀著名，集山水、溶洞、湖泊、瀑布於一體，有八大主景區兩大序景區 134 處景點，其中天皇寺、天寶寨、仙寓洞、青龍湖、七彩飛瀑、萬江景區、古戰場、觀雲亭、翡翠長廊、茶花山、花溪十三橋等景觀，被稱為「竹海十佳」。

石海洞鄉 位於宜賓興榮縣，是我國喀斯特地貌發育最完善的地區之一，地面怪石林立，如雲南石林；地下溶洞縱橫，似桂林蘆笛迷宮。天下奇觀集於一地，上下相映，與竹海、恐龍、懸棺並列為川南四絕。

（六）

驀山溪

陸游

遊三榮龍洞[1]

窮山孤壘，臘盡春初破。寂寞掩空齋，好一個、無聊底我。嘯台龍岫[2]，隨分有雲山，臨淺瀨[3]，蔭長松，閑據胡牀坐。

三杯徑醉，不覺紗巾墮。畫角喚人歸，落梅村、籃輿[4]夜過。城門漸近，幾點妓衣紅，官驛外，酒壚前，也有閑燈火。

注釋

❶ 龍洞：俗稱羅漢洞，位於榮縣縣城東南 500 米的山灣內。唐代時，洞口因岩架殿，建有開化寺，下延直抵白雀寺。洞口峭崖摩天如立壁，崖壁有唐宋造像和題字。這些摩崖刻像比例勻稱，雕工精細，十分生動。

❷ 嘯台：位於榮縣大佛寺內的半山腰，有一題刻「嘯台」。台面寬約 3 米、長 25 米，天然一個長方形的觀景台，在此登臨可極目遠眺。相傳黃帝之子玄囂打獵時在此小憩，是為「囂台」。又傳魏晉名士孫登來榮，登台長嘯，其聲悠揚，如鳳凰之音。北宋稱此為「孫登嘯台」。1922 年，清末翰林趙熙遂篆「嘯台」二字刻於崖壁。此為榮州十二景之一，名「嘯台遊賞」。嘯台位於半山的懸崖上，嘉州名山，煙霧彌漫，榮州景致，一覽無餘。

❸ 瀨：從沙石上流過的急水。

❹ 籃輿：類似轎子的一種古代乘具。

背景

陸游（1125～1210），字務觀，號放翁，越州山陰（今浙江紹興）人。陸游詩詞文俱有很高成就，兼具李白的雄奇奔放與杜甫的沉鬱悲涼，尤以飽含愛國熱情對後世影響深遠。

榮縣，古稱榮州，相傳上古時是黃帝之子玄囂的青陽封地。自隋唐建縣設州以來，雖處山谷間，實為郡國一都會，自古文化發達，名人輩出。陸游 45 歲入蜀任夔州（今重慶奉節）通判。48 歲被四川宣撫使王炎召至南鄭（今屬陝西漢中）幕府任四川宣撫使幹辦公事兼檢法官，往來於幕府和抗金前線。王炎去職後，陸游任蜀州、嘉州、榮州代理通判、知州等職。陸游在榮州，從南宋淳熙元年（1174）冬月初，至次年正月初十離去，歷時 70 天。這首詞本是遊賞之作，且逢終於初春來臨，詞人卻以「窮山孤壘」開篇，使全篇籠罩着一種荒寒暗淡的氛圍，對景致也僅一帶而過，通篇透露着寂寞無聊的氣息，彷彿美景也並不能令詞人陶醉其中，可以感受到陸游的滿腹心事又無以言說的感慨。這與他報國無門的失望感應該是密切相關的。

旅遊看點

榮州十二景之一 —— 龍湫夜月 在龍洞的洞口終年有岩泉下滴，飛珠濺玉，使洞內清涼宜人，成為天然避暑勝地。洞內因水滴成坑，人們便因坑鑿建「蓮池」。池上設橋。水滴池中，叮咚作響，有若鳴琴，故稱「滴水成琴」。如明月當空，月映池中，飛珠濺落擊碎水中銀盤，滿池碎銀跳動，銀光閃爍耀眼，奇麗非凡，堪稱佳境。

榮州十二景之一 —— 榮德晴嵐 在榮德山，一名老君山，地處榮縣墨林鄉呂仙村，純石岩，高聳像甑（zèng），其景「榮德晴嵐」係古榮州十二景之一。榮德山高約五百尺，有一條人工開鑿的石梯直通山頂。仰視雲霧繚繞，石徑聳入雲端。沿石梯繼續攀爬，至半山腰，石梯右方有一石室，近 20 平方米，乃古時道士修道之所，石刻皆已風化，依稀難辨。穿過石門直上，石梯陡峭險峻，兩尺左右長，半隻腳寬，似通天梯。爬完陡梯，從一石洞穿出，左邊一石龕有兩三平方米，老君手持法器，端坐正中，雕像栩栩如生。此乃「丹岩」，傳說為老君煉丹之地。山頂有老君廟，正殿叫「三清聖殿」，老君像腳踏榮縣、威遠兩界，為唐朝石刻。

（七）

水調歌頭

題劍閣

萬里雲間戍，立馬劍門關[1]。亂山極目無際，直北是長安[2]。人苦百年塗炭，鬼哭三邊鋒鏑[3]，天道久應還。手寫留屯奏[4]，炯炯寸心丹。

對青燈，搔白首，漏聲殘。老來勛業未就，妨卻一身閑。蒲澗清泉白石，梅嶺綠陰青子，怪我舊盟寒[5]。烽火平安夜，歸夢繞家山。

注釋

❶ 劍門關：地處四川省廣元市劍閣縣，居於大劍山中斷處，兩旁斷崖峭壁，直入雲霄，峯巒倚天似劍；絕崖斷離，兩壁相對，其狀似門，故稱「劍門」，享有「劍門天下險」之譽，為川陝間重要關隘，是兵家必爭之地。

❷ 直北是長安：語本杜甫《小寒食舟中作》：「雲白山青萬餘里，愁看直北是長安。」長安：指京城，這裏是指北宋都城汴京（今河南開封）。

❸ 鋒鏑：泛指兵器。鋒：刀口。鏑：箭頭。

❹ 留屯奏：指表示留在四川屯守禦金的奏章。

❺ 舊盟寒：未守歸隱田園的舊日約定。

背景

崔與之（1158～1239），字正子，一字正之，號菊坡，謚清獻。南宋紹熙四年（1193）進士。歷任四川安撫制置使，祕書兼太子侍講，工部侍郎，煥章閣待制、學士，成都、潭州、隆興知府，湖南、江西安撫使，廣東經略安撫使兼知廣州等職。召為吏部尚書參知政事，拜右丞相，均極力辭謝。嘉熙三年（1239）以觀文殿大學士提舉洞霄宮致仕，累封至南海郡公。為抗金功臣。

1219～1222 年，崔與之出任成都知府兼成都府路安撫使時，曾登臨劍閣。當此之際，大片國土淪於敵手，詞人瞭望失地，心中不勝感慨。詞中寫出了自南渡以來淪陷的北方生靈塗炭的悲慘遭遇，流露出詞人收復失地的強烈願望。即便蒲澗的流泉、梅嶺的梅子，彷彿都在呼喚他遵守與山水間的約定，他仍然表達了憂國憂民、抗金守土的一片丹心，蒼涼沉鬱。

旅遊看點

劍門蜀道遺址 又稱古城劍閣，為戰國時期建築，是四川蜀道的北門關，號稱「天下第一雄關」。始於西周，使用至清末，延至民國二十五年（1936），民間至今尚使用。經過歷代維修，現僅存南門箭樓等。劍門古蜀道以劍閣古城為中心，向北至朝天區朝天鎮朝天峽，南至綿陽市梓潼縣演武鎮，全程 200 餘公里。沿線較為完整地保存了道路、鋪驛、棧閣、關隘、古遺址、古柏、古鎮等古文化遺存。其中，道路遺存有石板路、繂夫石、攔馬牆、飲馬槽、拴馬石等；鋪驛有九井驛、籌筆驛等 30 處；棧閣有龍門棧閣等 3 處；關隘有天雄關、劍門關等 7 處；名人古墓有鄧艾墓、姜維墓等數十處；古遺址有新石器至秦漢時期遺址 5 處。

（八）

臨江仙

陸游

離果州作

鳩雨[1]催成新綠，燕泥收盡殘紅。春光還與美人同：論心空眷眷[2]，分袂[3]卻匆匆。只道真情易寫，那知[4]怨句難工[5]。水流雲散各西東。半廊[6]花院月，一帽柳橋風。

注釋

❶ 鳩雨：相傳鵓鳩鳥每逢陰天就會將配偶趕走，等到天晴就又將其呼喚回來。因此民間有俗語說道：「天將雨，鳩逐婦。」
❷ 眷眷：依戀不捨的樣子。
❸ 分袂：離別，分手。
❹ 那知：哪知。
❺ 工：細緻，精巧。
❻ 半廊：一半迴廊。

背景

陸游，見第二七頁《驀山溪》（窮山孤壘）。

南宋乾道八年（1172），陸游 48 歲時，被撤去夔州通判的職務，到四川宣撫使王炎幕下任幹辦公事兼檢法官。那年正月，陸游從夔州赴宣撫使司所在地興元（今陝西漢中），二月途經果州（今四川南充），寫下了此首詞。上闋以寫景開始而以抒情結尾，「新綠」「殘紅」顏色對照鮮明，深摯地體現出詞人戀春又惜春的真摯感情。正是在這匆匆分別的時刻，才感覺前些時日的無限依戀一切成空。下闋以抒情開始而以寫景結尾，極言惜別之情的難以表達，兼寫客中與果州告別，花院明月，半廊可愛，柳橋輕風，申明春光不易挽留，意境優美，思致精妙。

南充　風景旅遊資源豐富，有國家歷史文化名城 —— 閬中古城和省級歷史文化名城 —— 南充和蓬安，有以三國文化為主線的陳壽萬卷樓、漢桓侯祠（張飛廟）等，有省級風景名勝區錦屏山、西山、白雲寨、升鐘湖等，還有張瀾故居、羅瑞卿故居等。

閬中古城　位於四川盆地東北緣、嘉陵江中游，已有 2300 多年的建城歷史，為古代巴國蜀國軍事重鎮。閬中古城有張飛廟、永安寺、五龍廟、觀音寺、巴巴寺、大佛寺、川北道貢院等 8 處全國重點文物保護單位；有邵家灣墓羣、文筆塔、石室觀摩崖造像、雷神洞摩崖造像、牛王洞摩崖造像、紅四方面軍總政治部舊址、華光樓等 22 處省級文物保護單位。

張飛鎮守閬中達 7 年，死後謚為桓侯，葬於閬中，「鄉人慕其忠勇，於墓前建闕立廟，以禮祀之」，歷時 1700 餘年。張飛死後即建起桓侯祠，雖遭兵火毀壞，但累毀累建，「土宇幾更，墓田如故」。明代典膳黎重在墓塚四周築圍牆 47 丈。此後還有多次續修。現在的桓侯祠為明清時重建的多重四合院式古建築羣，佔地 10 餘畝，由山門、敵萬樓、左右牌坊、東西廂房、大殿、後殿、墓亭、墓塚組成，建築面積 2200 平方米，為全國重點文物保護單位。

（九）

卜算子

李之儀

我住長江頭[1]，君住長江尾。日日思君不見君，共飲長江水。

此水幾時休，此恨何時已[2]。只願君心似我心，定[3]不負相思意。

注釋

❶ 長江頭：古人認為長江發源於岷山。

❷ 已：完結，停止。

❸ 定：此處為襯字。

背景

李之儀（1048～1117），字端叔，自號姑溪居士、姑溪老農。滄州無棣（今屬山東省）人。哲宗元祐初為樞密院編修官，通判原州。元祐末從蘇軾於定州幕府，朝夕唱酬。元符中監內香藥庫，御史石豫參劾他曾為蘇軾幕僚，不可以任京官，被停職。徽宗崇寧初提舉河東常平。後因得罪權貴蔡京，除名編管太平州（今安徽當塗），後遇赦復官，晚年卜居當塗。

北宋崇寧二年（1103），仕途不順的李之儀被貶到太平州。禍不單行，他先是女兒及兒子相繼去世，接着，與他相濡以沫 40 年的夫人胡淑修也撒手人寰。事業受到沉重打擊，家人連遭不幸，李之儀跌落到了人生的谷底。這時一位年輕貌美的奇女子出現了，就是當地絕色歌伎楊姝。楊姝是個很有正義感的歌伎。早年，黃庭堅被貶到當塗做太守，楊姝只有 13 歲，就為黃庭堅的遭遇抱不平，她彈了一首古曲《履霜操》。《履霜操》的本意是伯奇被後母所讒而被逐，最後投河而死。楊姝與李之儀偶遇，又彈起這首《履霜操》，正觸動李之儀心中的痛處，李之儀對楊姝一見傾心，把她當成知音，接連寫下幾首聽她彈琴的詩詞。這年秋天，李之儀攜楊姝來到長江邊，面對知冷知熱的紅顏知己，面對滾滾東逝奔流不息的江水，心中湧起萬般柔情，寫下了這首千古流傳的愛情詞。全詞以長江水為抒情線索。悠悠長江水，既是雙方萬里阻隔的天然障礙，又是一脈相通、遙寄情思的天然載體；既是悠悠相思、無窮別恨的觸發物與象徵，又是雙方永恆友誼與期待的見證。詞作寫出了隔絕中的永恆之愛，給人以江水長流情更長的感受。

旅遊看點

都江堰景區 都江堰是建設於古代並使用至今的大型水利工程，是全世界迄今為止，年代最久、惟一留存、以無壩引水為特徵的宏大水利工程，被譽為「世界水利文化的鼻祖」。這座坐落於岷江上的大型水利工程，由戰國時秦國蜀郡太守李冰及其子於約公元前256年至公元前251年主持始建，2000年時光荏苒，依然發揮重大作用。

這項工程主要由魚嘴分水堤、飛沙堰溢洪道、寶瓶口進水口三大部分構成，科學地解決了江水自動分流、自動排沙、控制進水流量等問題，消除了水患，使川西平原成為「水旱從人」的「天府之國」。都江堰附近景色秀麗，文物古跡眾多，主要有伏龍觀、二王廟、安瀾索橋、玉壘關、離堆公園、玉壘山公園和靈岩寺等。

岷江魚嘴分水工程 魚嘴分水堤又稱「魚嘴」，是都江堰的分水工程，因其形如魚嘴而得名。它昂頭於岷江江心，包括百丈堤、楿槎、金剛堤等一整套相互配合的設施。其主要作用是把洶湧的岷江分成內外二江，西邊叫外江，俗稱「金馬河」，是岷江正流，主要用於排洪；東邊沿山腳的叫內江，是人工引水渠道，主要用於灌溉。

二王廟 位於岷江右岸的山坡上，前臨都江堰，原為紀念蜀王的望帝祠，南朝齊建武（494～498）時改祀李冰父子，更名為「崇德祠」。宋代以後，李冰父子相繼被皇帝敕封為王，故而後人稱之為「二王廟」。廟內主殿分別供奉有李冰父子的塑像，並珍藏有治水名言、詩人碑刻等。建築羣分佈在都江堰渠首東岸，規模宏大，佈局嚴謹，地極清幽，是廟宇和園林相結合的著名景區。佔地約5萬平方米，主建築約1萬平方米。二王廟分東、西兩苑，東苑為園林區，西苑為殿宇區。全廟為木穿斗結構建築，廟寺完全依靠自然地理環境，依山取勢，在建築風格上不強調中軸對稱。

（一〇）

滿江紅

蘇軾

寄鄂州朱使君壽昌[1]

江漢[2]西來，高樓[3]下、蒲萄[4]深碧。猶自帶、岷峨雪浪[5]，錦江春色。君是南山[6]遺愛守[7]，我為劍外[8]思歸客。對此間、風物豈無情，殷勤說。

《江表傳》[9]，君休讀；狂處士[10]，真堪惜。空洲[11]對鸚鵡，葦花蕭瑟。不獨笑書生爭底事，曹公黃祖[12]俱飄忽。願使君、還賦謫仙[13]詩，追黃鶴[14]。

注釋

❶ 朱使君：朱壽昌，安康叔，時為鄂州（治所在今湖北武漢武昌）知州。使君，漢時對州郡長官之稱，後世如唐宋時就相當於太守或刺史。

❷ 江漢：長江和漢水。

❸ 高樓：指武昌黃鶴樓。

❹ 蒲萄：喻水色，或代指江河。語出李白《襄陽歌》有「遙看漢水鴨頭綠，恰似葡萄初發醅」。

❺ 岷峨雪浪：岷山和峨眉山融化的雪水浪花。

❻ 南山：終南山，在陝西，朱壽昌曾任陝州通判，故稱。

❼ 遺愛：指有惠愛之政引起人們懷念。《左傳・昭公二十年》載孔子聞鄭子產卒時「出涕曰：『古之遺愛也』」。

❽ 劍外：四川劍門山以南。蘇軾家鄉四川眉山，故自稱劍外來客。

❾《江表傳》：晉虞溥著，其中記述三國時江左吳國時事及人物言行，已佚，《三國志》裴松之注中多引之。

❿ 狂處士：指三國名士禰衡。他有才學而行為狂放，曾觸犯曹操，曹操多顧忌他才名而未殺。後為江夏太守黃祖所殺。不出仕之士稱處士。

⓫ 空洲：指鸚鵡洲，在長江中，後與陸地相連，在今湖北漢陽。黃祖長子黃射在洲大會賓客，有人獻鸚鵡，禰衡當即作《鸚鵡賦》，故以為洲名。李白《贈江夏韋太守》詩：「顧慚禰處士，虛對鸚鵡洲。」為此詞用語所本。

⓬ 曹公黃祖：指曹操與劉表屬將黃祖。

⓭ 謫仙：指李白。

⓮ 黃鶴：指崔顥的《黃鶴樓》詩。相傳李白登黃鶴樓說：「眼前有景道不得，崔顥題詩在上頭。」

背景

蘇軾，見第一五頁《臨江仙》（忘卻成都來十載）。

這首詞於元豐四年（1081）深秋作於黃州。蘇軾是眉山人（今屬四川），家鄉就在汖江邊上，是長江的上源（古人以汖江為長江的源頭）。黃州在今湖北的黃岡，也在長江的邊上，屬長江的中游，所以才有開頭的兩句：「江漢西來，……猶自帶、岷峨雪浪。」這首詞由景及情，思鄉懷古，由豪入曠，開篇由寫景引入。開篇大筆勾勒，描繪出大江奔騰、浩浩蕩蕩、直指東海的雄偉氣勢，由景引出思歸之情和懷友之思。下闋寫自己對歷史的審視和反思。禰衡的孤傲、曹操的專橫、黃祖的魯莽，都顯得非常可笑，反映出蘇軾超越歷史，擺脫精神束縛的觀念。最後激勵友人像李白一樣潛心作詩，趕追崔顥的名作《黃鶴樓》。這既是對友人的勸勉，願他能夠置身於政治旋渦之外，寄意於歷久不朽的文章事業，撰寫出色的作品來追步前賢，也是蘇軾的自勉。詞作體現出蘇軾超曠中不失對於人生的執着追求。

旅遊看點

岷山　山清水秀、文化底蘊深厚，擁有世界自然遺產九寨溝、黃龍、大熊貓棲息地、世界文化遺產青城山—都江堰、世界自然與文化雙遺產峨眉山—樂山大佛，是中國古史神話傳說中上帝與眾神的天庭所在地「海內崑崙山」和神仙文化、道教發祥地，中華人文女祖、蠶桑神、旅遊神嫘祖和治水英雄大禹的故里、古蜀文明的發祥地，中國最佳旅遊城市成都位於岷山東麓。岷山是中國高品位旅遊資源最富集的地區。

岷山已建立了唐家河、王朗、九寨溝、白河、白水江和鐵布 6 個自然保護區。其中，位於岷山東坡四川省青川縣和平武縣境內的唐家河和王朗自然保護區，面積分別為 4 萬公頃和 2.8 萬公頃，主要保護大熊貓、金絲猴、扭角羚；位於岷山腹部四川省九寨溝縣的九寨溝自然保護區，面積 6 萬公頃，其保護對象為大熊貓、金絲猴、扭角羚；白河自然保護區面積 2 萬公頃，主要保護金絲猴、大熊貓、扭角羚及綠尾虹雉；位於岷山東北坡甘肅文縣境內的白水江自然保護區，面積約 9 萬公頃，亦以大熊貓、金絲猴、扭角羚為保護重點；岷山西坡四川省若爾蓋縣的鐵布自然保護區，面積 2 萬公頃，保護梅花鹿及藍馬雞生境。

峨眉山　位於四川省樂山市峨眉山市境內，是中國「四大佛教名山」之一，地勢陡峭，風景秀麗，素有「峨眉天下秀」之稱，山上的萬佛頂最高，海拔 3099 米，高出峨眉平原 2700 多米。《峨眉郡志》云：「雲鬘凝翠，鬒黛遙妝，真如螓首蛾眉，細而長，美而豔也，故名峨眉山。」

峨眉山處於多種自然要素的交匯地區，區系成分複雜，生物種類豐富，特有物種繁多，保存有完整的亞熱帶植被體系，有植物 3200 多種，約佔中國植物物種總數的 1/10。峨眉山還是多種稀有動物的棲居地，動物種類達 2300 多種。

峨眉山的宗教文化特別是佛教文化構成了峨眉山歷史文化的主體，所有的建築、造像、法器以及禮儀、音樂、繪畫等都展示出宗教文化的濃郁氣息。山上多古跡、寺廟，有報國寺、伏虎寺、洗象池、龍門洞、捨身崖、峨眉佛光等勝跡，是中國旅遊、休養、避暑目的地之一。

（一一）

春光好

王灼

和醉夢，上崢嶸。憶娉婷[1]。回首錦江煙一色，不分明。

翻為離別牽情。嬌啼外、沒句丁寧[2]。紫陌[3]綠窗多少恨，兩難平。

注釋

❶ 娉婷：形容女子姿態美好的樣子。
❷ 丁寧：同「叮嚀」。
❸ 紫陌：指京師郊野的道路。

背景

王灼，字晦叔，號頤堂，四川遂寧人。生卒年不詳，據考證可能生於北宋神宗元豐四年（1081），卒於南宋高宗紹興三十年（1160）前後，享年約 80 歲。王灼出身貧寒，青年時代曾到成都求學，後往京師應試，雖學識淵博卻舉場失意，終未入仕，只得流落江南寄人幕下，做舞文弄墨的吏師。晚年閑居成都和遂寧潛心著述，成為宋代有名的學者。現存《頤堂先生文集》和《碧雞漫志》各五卷，《頤堂詞》和《糖霜譜》各一卷，另有佚文十二篇。這首詞是對一位娉婷女子的回憶，寫出了筆下佳人的多情善感與離別之際的不捨無奈。

旅遊看點

錦江　即古代濯錦江。因四川蠶絲業的發達，絲綢品享譽全國各地。濯錦之江因此得名。「濯錦江」說法源於西漢，以江水濯錦後晾曬色彩分外鮮明而得名。《文選．蜀都賦》注：「譙周《益州志》云：成都織錦既成，濯於江水，其文分明，勝於初成，他水濯之不如江水也。」唐元稹《感石榴二十韻》：「暗虹徒繳繞，濯錦莫周遮。」劉禹錫《浪淘沙》：「濯錦江邊兩岸花，春風吹浪正淘沙。女郎剪下鴛鴦錦，將向中流定晚霞。」宋代蘇泂《濯錦江》：「機絲波影借光華，巴女臨流住幾家。爭向芳菲偷錦樣，織成平白濺江花。」都是反映濯錦場景的。

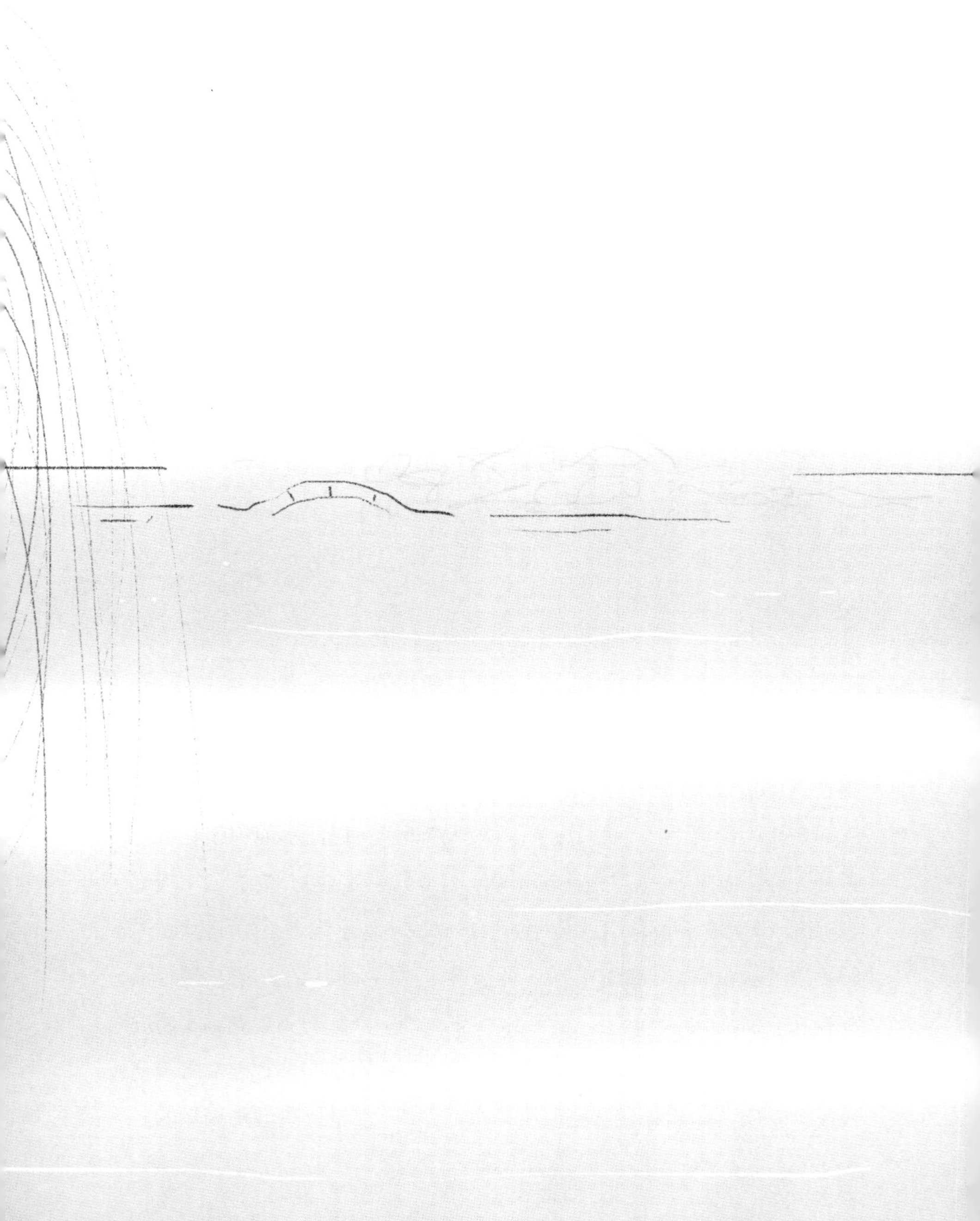

第七章

東南形勝，三吳都會

北宋建立以後，經濟恢復很快，社會安定，士大夫從五代時期動亂的狀態中解脱出來，開始享有舒適安逸的生活。加之江南自古為富庶之地，關於浙江的詞作，以柳永《望海潮》（東南形勝）為代表，無論是對都市風光和城市風物的描繪，還是對湖光山色的刻畫，都呈現出文人雅致的生活情趣，能夠將「承平氣象，形容曲近」。但隨着北方國土淪喪，國家已遭嚴重創傷，各種矛盾愈演愈烈之際，河山變色，雲水清寒，代之而起的是低沉冷落的社會心理和「物是人非事事休」（李清照《武陵春．春晚》）的創巨痛深。

（一）

酒泉子

潘閬

長憶西山[1]，靈隱寺前三竺[2]後，冷泉亭上舊
曾遊，三伏似清秋。
白猿時見攀高樹，長嘯一聲何處去？別來
幾向畫圖看，終是欠峯巒！

注釋

❶ 西山：杭州西部連綿羣山的統稱。

❷ 三竺：杭州靈隱山飛來峯東南的天竺山，有上天竺、中天竺、下天竺三座寺院，合稱「三天竺」，簡稱「三竺」。

背景

潘閬（？～1009），字夢空，一說字逍遙，號逍遙子，大名（今屬河北）人，一說揚州（今屬江蘇）人。宋初著名隱士、文人。性格疏狂，曾兩次坐事亡命。真宗時釋其罪，任滁州參軍。有詩名，風格類孟郊、賈島，亦工詞，今僅存《酒泉子》十首。

此詞以深情委婉的筆觸，回憶了杭州西山勝景，精心捕捉山光物態的神韻，並以西山的畫圖反襯山峯不可替代的風姿。抒寫了詞人對西湖周圍勝地的深摯眷戀，表達自己在自然山水之間沉醉的感受。

靈隱寺　始建於東晉咸和元年（326），至今已有約1700年的歷史，為杭州最早的名剎。靈隱寺地處杭州西湖以西，背靠北高峯，面朝飛來峯，兩峯夾峙，林木聳秀。靈隱寺開山祖師為西印度僧人慧理和尚。他在東晉咸和初，由中原雲遊入浙，至武林（今杭州），見有一峯而歎曰：「此乃中天竺國靈鷲山一小嶺，不知何以飛來？佛在世日，多為仙靈所隱。」遂於峯前建寺，名曰靈隱。唐大曆六年（771），曾做過全面修葺，香火旺盛。然而，唐末「會昌法難」，靈隱受池魚之災，寺毀僧散。直至五代吳越王錢鏐，命請永明延壽大師重興開拓，並新建石幢、佛閣、法堂及百尺彌勒閣，賜名靈隱新寺。南宋建都杭州，高宗與孝宗常幸駕靈隱，主理寺務，並揮灑翰墨。宋寧宗嘉定年間，靈隱寺被譽為江南禪宗「五山」之一。清康熙二十八年（1689），康熙帝南巡時，賜名「雲林禪寺」。

靈隱寺主要由天王殿、大雄寶殿、藥師殿、直指堂（法堂）、華嚴殿為中軸線，兩邊附以五百羅漢堂、濟公殿、聯燈閣、華嚴閣、大悲樓、方丈樓等建築所構成，共佔地130畝，殿宇恢宏，建構有序。大雄寶殿中有一尊釋迦牟尼佛像，是以唐代禪宗佛像為藍本，用24塊樟木雕刻鑲接而成，共高24.8米，妙相莊嚴，氣韻生動，為國內所罕見。此外，寺內還存有不少年代久遠的佛像、法器、經幢、石塔、御碑、字畫等歷史文物，為全國重點文物保護單位。

（二）

早梅芳

柳　永

海霞紅[1]，山煙翠。故都[2]風景繁華地。譙門[3]畫戟[4]，下臨萬井[5]，金碧樓台相倚。芰荷浦溆[6]，楊柳汀洲[7]，映虹橋倒影，蘭舟[8]飛棹[9]，遊人聚散，一片湖光裏。

漢元侯[10]，自從破虜征蠻，峻陟樞庭貴[11]。籌帷厭久[12]，盛年晝錦[13]，歸來吾鄉我里。鈴齋[14]少訟[15]，宴館多歡，未周星[16]，便恐皇家，圖任勛賢，又作登庸計[17]。

注釋

❶ 海霞紅：指西湖之早霞。

❷ 故都：指杭州，五代時吳越建都於此，因此稱為故都。

❸ 譙門：又稱譙樓，是古代建築在城門上，用以瞭望的塔樓。

❹ 畫戟：戟為古代兵器之名，畫戟則是繪有彩畫的戟。

❺ 萬井：古制八家為一井，萬井係指人煙稠密。

❻ 芰荷浦漵：芰荷，剛剛出水之荷；浦漵，水邊。剛剛出水的荷花葉兒在水邊飄盪。

❼ 汀洲：汀和洲均指水中的陸地。

❽ 蘭舟：船之美稱。

❾ 棹：船槳。

❿ 漢元侯：漢代某一被封為侯的人。

⓫ 峻陟樞庭貴：是說這位漢元侯已經位極人臣，極為顯貴。峻陟，登上最高之處；樞庭，政權之中樞。

⓬ 厭久：久而生厭。

⓭ 晝錦：與夜錦相對，就是富貴還鄉之意。《史記．項羽本紀》:「富貴不還故鄉，如衣錦夜行」，是說富貴之後不回故鄉顯耀顯耀，就好比穿了錦繡衣服在夜裏行走一樣。此處之還鄉並非指還故鄉，而是指退居田園。

⓮ 鈐齋：又稱鈐閣，本指將帥所居之處，此處則指這位漢元侯退居田園的居所。

⓯ 少訟：本意為很少有官司公案需要處理，這裏則指退居田園就不必再為國家之事操心費力了。

⓰ 未周星：周星，歲星，12 年在天上循環一周，故稱為周星。這裏是說退隱田園時間不久，並非確指 12 年。

⓱ 登庸：選拔、舉用。

背景

柳永，見第一二頁《一寸金》(井絡天開)。

此詞為投獻詞，投贈的對象說法不一。總之，是柳永為干謁求進，此時來到杭州，故作此詞。上闋寫杭州之景。城門上望樓高高聳立，畫戟盡顯威儀。杭州城內人煙繁阜，市容嚴整，建築華美。詞中所展現的杭州社會生活圖景以及自然風光，是北宋前期「承平氣象」的真實寫照。寫景的視角由遠及近，自上而下，筆觸亦隨之由闊大曠遠至精細俊美。下闋頌揚其所投贈者的事功人品，完成其「投贈」的主旨。

旅遊看點

杭州　簡稱「杭」，浙江省省會，位於中國東南沿海、浙江省北部、錢塘江下游、京杭大運河南端，是浙江省的政治、經濟、文化、教育、交通和金融中心。杭州自秦朝設縣治以來已有 2200 多年的歷史，曾是吳越國和南宋的都城。因風景秀麗，素有「人間天堂」的美譽。杭州得益於京杭運河和通商口岸的便利，以及自身發達的絲綢和糧食產業，歷史上曾是重要的商業集散中心。後來依託滬杭鐵路等鐵路線路的通車以及上海在進出口貿易方面的帶動，輕工業發展迅速。杭州人文古跡眾多，西湖及其周邊有大量的自然及人文景觀遺跡。其中具有代表性的獨特文化有西湖文化、良渚文化、絲綢文化、茶文化，以及流傳下來的許多故事傳說。

雷峯塔　位於浙江杭州西湖南岸夕照山的雷峯上，是中國首座彩色銅雕寶塔。一名黃妃塔，又稱西關磚塔。為吳越國王錢弘俶因黃妃得子而建，舊塔已於 1924 年倒塌，現已重建。每當夕陽西下，塔影橫空，別有一番景色，雷峯夕照為西湖十景之一。雷峯塔也因《白蛇傳》中禁錮白娘子的傳說而聞名遐邇。

六和塔　位於杭州市西湖之南，錢塘江畔月輪山上。是中國現存最完好的磚木結構古塔之一。六和塔始建於北宋開寶三年（970），僧人智元禪師為鎮江潮而創建，取佛教「六和敬」之義，命名為六和塔。現在六和塔塔身重建於南宋。塔高 59.89 米，其建造風格非常獨特，塔內部磚石結構分七層，外部木結構為 8 面 13 層。

（三）

訴衷情

仲殊

寒食

湧金門外小瀛洲[1]，寒食更風流。紅船[2]滿湖歌吹，花外有高樓。晴日暖，淡煙浮。恣[3]嬉遊。三千粉黛，十二闌干，一片雲頭。

注釋

❶ 小瀛洲：西湖中小島。

❷ 紅船：彩飾遊船，即畫舫。

❸ 恣：放縱，無拘束。

背景

仲殊（生卒年不詳），北宋僧人、詞人，字師利。安州（今湖北安陸）人。本姓張，名揮，仲殊為其法號。應進士科考試不中，棄家為僧，曾住蘇州承天寺、杭州寶月寺。年輕時遊蕩不羈，幾乎被妻子毒死，棄家為僧，先後寓居蘇州承天寺、杭州寶月寺，因時常食蜜以解毒，人稱蜜殊；或又用其俗名稱他為僧揮。蘇軾稱其「胸中無一毫髮事」，「能文善詩及歌詞，皆操筆立成，不點竄一字」（《東坡志林》）。

湧金門歷來是從杭州城裏到西湖遊覽的通道，為市區繁華地段，城門樓上有楹聯曰：「長堞接清波看水天一色；高樓連鬧市繞煙火萬家。」西湖遊船多在此處聚散，故有「湧金門外划船兒」之諺。歷代詩人對其都有吟詠，如施樞《湧金門外》：「柳絲舞困起炊煙，羅綺相催欲上船。貴冶亦知春有夜，暖沙還付白鷗眠。」貢性之《湧金門見柳》：「湧金門外柳垂金，三日不來成綠陰。折取一枝城裏去，教人知道春已深。」仲殊這首詞寫寒食時節西湖遊人盛況。湖滿，日暖，淡煙，粉黛，美景，佳人，共同構成一幅美妙的圖畫，畫外還伴奏着簫管歌吹之音樂。全詞奇麗清婉而造境空靈，別具風姿。

旅遊看點

三潭印月　西湖十景之一。西湖外湖西南部的小瀛洲島及島南局部水域，是杭州西湖最具標誌性的景觀。該景觀以水中三塔、小瀛洲島為核心觀賞要素，以月夜裏在島上觀賞月、塔、湖的相互映照、引發禪境思考和感悟為欣賞主題。小瀛洲島由明萬曆年間浚湖堆土而成，呈「湖中有島，島中有湖」的「田」字形格局，是江南水上園林的經典。全島以亭台樓閣配以傳統花木構成色彩絢麗的景致，與島內外水光雲天相映，象徵中國古代神話中的蓬萊仙島。

古湧金門　原是古代杭州西城門，始建於五代十國的吳越時期，南宋時改稱豐豫門。明初，仍復舊名。遺址在今天的南山路與湧金路相交一帶。宋人趙彥衞《雲麓漫鈔》中說，傳說西湖曾湧現金牛，故將此城門命名為湧金門。湧金門原有旱門與水門各一。旱門故址在今湧金門直街與南山路交界處；水門故址在旱門稍北，今兒童公園北端。清代，湧金門城樓大方威嚴，為重樓歇山式建築，灰筒瓦頂，湧金門城牆高 12 米，倒 U 字形的門洞高約 8 米，寬約 5 米。城門於 1912 年修築南山路和湖濱路時被拆除，雄偉的城樓在舊時的照片中尚依稀可見。《水滸傳》第一百一十四回「湧金門張順歸神」中的湧金門，即指水門。目前在原地點豎立一石碑，一面題「古湧金門」，另一面記載湧金門的相關典故。

（四）

滿江紅

辛棄疾

題冷泉亭[1]

直節堂堂，看夾道冠纓拱立。漸翠谷、羣仙東下，佩環聲急。誰信天峯飛墮地[2]，傍湖千丈開青壁。是當年、玉斧[3]削方壺[4]，無人識。

山木潤，琅玕[5]溫。秋露下，瓊珠[6]滴。向危亭橫跨，玉淵澄碧。醉舞且搖鸞鳳影，浩歌莫遣魚龍泣。恨此中、風物本吾家，今為客。

注釋

❶ 冷泉亭：在杭州靈隱寺前的飛來峯下，為唐刺史元萸所建。近靈隱寺和飛來峯，而且就近登山，還有三天竺、韜光寺、北高峯諸名勝。

❷ 天峯飛墮地：飛來峯，由「誰信」二字直領到底。飛來峯並不高，但是形勢奇矯如靈鷲。《淳祐臨安志》引晏殊《輿地記》說：「晉咸和元年，西天僧慧理登茲山，歎曰：『此是中天竺國靈鷲山之小嶺，不知何以飛來。佛在世日，多為仙靈所隱，今此亦復爾耶？』因掛錫造靈隱寺，號為飛來峯。」岩有矯龍、奔象、伏虎、驚猿等名稱，是因為遠看有高峻之感。

❸ 玉斧：泛指仙人的神斧。

❹ 方壺：《列子・湯問》所寫的海上五個神山（岱嶼、員嶠、方壺、瀛洲、蓬萊）之一。

❺ 琅玕：美石。

❻ 瓊珠：秋露。

背景

辛棄疾（1140～1207），原字坦夫，改字幼安，別號稼軒，歷城（今山東省濟南市歷城區遙牆鎮四鳳閘村）人。南宋豪放派詞人、抗金將領，有「詞中之龍」之稱。與蘇軾合稱「蘇辛」，與李清照並稱「濟南二安」。

詞人在南歸之後、隱居帶湖之前，曾三度在臨安做官，但時間都很短。乾道六年（1170）夏五月，詞人受命任司農寺主簿，乾道七年春知滁州。這之間的一段時間是三次中較長的一次，本詞大約就是他這次在杭州所作。詞人的家鄉在歷城（今濟南），原有著名的七十二泉，其中也有叫冷泉的，那裏大明湖、趵突泉附近有許多著名的亭子，如歷下亭、水香亭、水西亭、觀瀾亭等，也有可觀的美景，所以說「風物本吾家」。詞人南渡之後，北方失地未能收復，永難再回故鄉，因而觸景傷懷。這首詞由西湖景物觸動詞人的思鄉之情，聯想到國家民族的悲哀，詞人之「恨」，不僅是關係個人思鄉之「恨」，而且是關係整個國家命運之「恨」，表達的悲憤尤為深廣。

旅遊看點

冷泉亭　在杭州西湖靈隱寺飛來峯下，亭前有冷泉，通西湖。「冷泉」二字為白居易書，「亭」字為蘇軾書。白居易寫了《冷泉亭記》一文，云：「東南山水，余杭郡為最；就郡言，靈隱寺為尤，由寺觀，冷泉亭為甲。」從此，冷泉亭名聞天下。那時的冷泉亭邊上，還建有「虛白」「候仙」「觀風」「見山」四個亭子。白居易說此處是「五亭相望，如指之列」。宋費袞《梁溪漫志》卷四《東坡西湖了官事》載：「東坡鎮余杭……以吏牘自隨，至冷泉亭則據案剖決，落筆如風雨，紛爭辯訟，談笑而辨。已，乃與僚吏劇飲，薄晚則乘馬以歸。」蘇軾有《送唐林夫》詩：「靈隱寺前天竺後，兩澗春淙一靈鷲。不知水從何處來，跳波赴壑如奔雷。無情有意兩莫測，肯向冷泉亭下相縈回。我在錢唐百六日，山中暫來不暖席。今君欲就靈隱居，葛衣草履隨僧蔬。肯與冷泉作主一百日，不用二十四考書中書。」

（五）

沁園春

寄辛承旨[1]。時承旨招，不赴。

斗酒彘肩[2]，風雨渡江，豈不快哉！被香山居士[3]，約林和靖[4]，與坡仙老[5]，駕勒吾回[6]。坡謂西湖，正如西子[7]，濃抹淡妝臨鏡台。二公者，皆掉頭不顧，只管銜杯。

白雲天竺去來，圖畫裏、崢嶸樓觀開。愛東西雙澗，縱橫水繞；兩峯南北，高下雲堆[8]。逋曰不然，暗香浮動[9]，爭似孤山先探梅[10]。須晴去，訪稼軒未晚，且此徘徊。

劉過

注釋

❶ 辛承旨：辛棄疾。因其曾於開禧三年（1207）被任為樞密院都承旨而得名，不過那時劉過已死，「承旨」二字可能是後人加的。

❷ 斗酒彘肩：《史記》載，鴻門宴上，樊噲見項王，項王賜予斗卮酒（一大斗酒）與彘肩（豬前肘）。

❸ 香山居士：白居易晚年自號香山居士。

❹ 林和靖：林逋，字和靖，北宋詩人。

❺ 坡仙老：蘇軾自號東坡居士，後人稱為坡仙。

❻ 駕勒吾回：強拉我回來。

❼ 坡謂西湖，正如西子：語出蘇軾《飲湖上初晴後雨》：「欲把西湖比西子，淡妝濃抹總相宜。」

❽「白雲天竺去來」七句：白居易在杭州時，很喜愛靈隱寺、天竺寺一帶的景色。他的《寄韜光禪師》詩「東澗水流西澗水，南山雲起北山雲」，便是寫東西二澗和南北兩高峯的。

❾ 暗香浮動：林逋《山園小梅》：「疏影橫斜水清淺，暗香浮動月黃昏。」

❿ 孤山先探梅：孤山上種了許多梅花。

背景

劉過（1154～1206），字改之，號龍洲道人。吉州太和（今江西泰和）人，長於廬陵（今江西吉安），去世於江蘇崑山，今其墓尚在。曾為陸游、辛棄疾所賞，亦與陳亮、岳珂友善。詞風與辛棄疾相近，抒發抗金抱負，狂逸俊致。

這首詞作於宋寧宗嘉泰三年（1203），當時辛棄疾擔任浙東安撫使，邀請劉過到紹興府相會，劉過因事無法赴約，便在杭州寫了此詞以作答覆。《桯史》載：「嘉泰癸亥歲，改之在中都時，辛稼軒棄疾帥越。聞其名，遣介招之。適以事不及行。作書歸輅者，因效辛體《沁園春》一詞，並緘往，下筆便逼真。」詞人化用三位詩人描寫杭州風景的名句，雖然沒有正面寫杭州之美，卻為杭州的湖光山色增添了逸興韻致和文化內涵，再現了孤山寒梅的雅致與芬芳，客觀流露了詞人對品格的追求。

旅遊看點

天竺寺　浙江天竺山有著名三寺，時稱「天竺三寺」（通稱上天竺寺、中天竺寺、下天竺寺），均係古代名剎。下天竺寺創建最早，距今已有 1600 餘年，創建最晚的上天竺寺也有千年歷史。清高宗乾隆命名上、中、下三竺為「法喜寺」「法淨寺」「法鏡寺」，並親題寺額。

法喜寺：五代後晉天福四年（939），僧道翊在白雲峯下結廬，為上天竺開山祖師。清乾隆時賜名「法喜寺」。光緒二十四年（1898）重修。1985 年、1991 年進行了兩次大修。現寺規模為三天竺之冠。

法淨寺：由寶掌禪師創建於隋開皇十七年（597）。清乾隆二十七年（1762），乾隆南巡時，為中天竺御題寺額為「法淨寺」。光緒十八年（1892）重修。民國三十六年（1947）寺院遭遇火災，損失巨大，現已恢復原樣。

法鏡寺：位於西湖區靈隱天竺路旁，西傍飛來峯，東臨月桂峯。清乾隆時改名「法鏡寺」。清咸豐十一年（1861）在兵火中化為灰燼，光緒八年（1882）再次重建。現為西湖惟一的尼眾寺院。

雙峯插雲　西湖十景之一。雙峯就是指南高峯和北高峯，是天目山餘脈的一支，遇西湖而分馳為南山、北山。「雙峯插雲」由南、北兩座高峯，以及西湖西北角洪春橋畔的觀景點構成，以觀賞西湖周邊羣山雲霧繚繞的景觀為主題。西湖南北高峯在唐宋時各有塔一座，在春、秋晴朗之日遠望兩峯，可見遙相對峙的雙塔巍然聳立，氣勢非凡。每當雲霧彌漫，塔尖於雲中時隱時顯，恍若雲天佛國。

角　招

甲寅春，予與俞商卿燕遊西湖，觀梅於孤山之西村，玉雪照映，吹香薄人。已而商卿歸吳興，予獨來，則山橫春煙，新柳被水，遊人容與飛花中，悵然有懷，作此寄人。商卿善歌聲，稍以儒雅緣飾；予每自度曲，吟洞簫，商卿輒歌而和之，極有山林縹緲之思。今予離憂，商卿一行作吏，殆無復此樂矣。

為春瘦，何堪更、繞西湖盡是垂柳。自看煙外岫[1]，記得與君，湖上攜手。君歸未久，早亂落香紅千畝。一葉凌波縹緲，過三十六離宮[2]，遣遊人回首。

猶有，畫船障袖[3]，青樓倚扇[4]，相映人爭秀[5]。翠翹[6]光欲溜，愛着宮黃[7]，而今時候。傷春似舊，蕩一點、春心如酒。寫入吳絲自奏。問誰識、曲中心，花前友。

注釋

❶ 岫：山。

❷ 三十六離宮：指南宋臨安的眾多宮殿。駱賓王《帝京篇》：「秦塞重關一百二，漢家離宮三十六。」

❸ 畫船障袖：指畫船上遊女以袖遮面。周邦彥《瑞龍吟》：「障風映袖，盈盈笑語。」

❹ 青樓：歌伎住處，古顯貴之家亦稱青樓。劉邈《萬山見採桑人》：「倡女不勝愁，結束下青樓。」

❺ 倚扇：謂持扇佇立。

❻ 翠翹：古代女性的裝飾，狀似翠鳥尾上的長羽。

❼ 宮黃：指古代婦女額上塗飾的黃色。

背景

姜夔（kuí）（1155？～1209），字堯章，號白石道人，饒州鄱陽（今江西省鄱陽縣）人。南宋文學家、音樂家，終身布衣。詞風超然不羣，含蓄空靈，具有孤雲野鶴一般清凌脫俗的個性。

紹熙五年（1194）春天，詞人至杭州，曾與俞灝（字商卿）共賞孤山西村（又名西泠橋）的梅花，不久俞灝歸吳興（今浙江湖州），詞人獨遊孤山，對景懷人，因作此詞。上闋觸景生思興發離愁，藉傷春以懷友，因懷友而傷春，凋敗零落的香紅千畝，令人低迴傷神。下闋以比較的手法，以外界華美喧囂的背景映襯詞人心情的惆悵，強調詞人解脫不盡的無限情思。

旅遊看點

孤山 是西湖中最大的島嶼，面積 20 公頃，山高 38 米，是文物勝跡薈萃之地。主要景點有：放鶴亭、林和靖墓、西泠印社、瑪瑙坡、一眼泉水、文瀾閣、中山公園、清行宮、敬一書院、秋瑾墓、六一泉、蘇曼殊墓園、半壁亭等。孤山碧波環繞，山間花木繁茂，亭台樓閣錯落別致，早在唐宋已聞名遐邇。唐代有孤山寺，南宋時建西太乙宮、四聖延祥觀，清代曾在此建行宮，康熙、乾隆南巡時都在這裏住過。雍正時（1727）改為聖因寺，與靈隱、昭慶、淨慈三寺合稱西湖四大叢林。

柳浪聞鶯 西湖十景之一。在西湖東岸錢王祠門前水池北側約 50 米的瀕湖一帶，以觀賞濱湖的柳林景觀為主題。「柳浪聞鶯」所處的位置原為南宋時的御花園——「聚景園」，因園中多柳樹，風擺成浪、鶯啼婉轉，故得題名「柳浪聞鶯」。如今，「柳浪聞鶯」依然保留了傳統的柳林特色，漫步其間，且行且聽，柳絲拂面，鶯鳥鳴啼，柳叢襯托着紫楠、雪松、廣玉蘭、梅花等佳木名花，呈現出一派生機盎然的景象。

（七）

風入松

俞國寶

一春[1]長費[2]買花錢[3]，日日醉湖邊。玉驄[4]慣識
西湖路，驕[5]嘶過、沽酒[6]樓前。紅杏香中簫鼓，
綠楊影裏鞦韆。

暖風十里麗人天，花壓鬢雲偏。畫船載取
春歸去，餘情付、湖水湖煙。明日重扶殘醉[7]，
來尋陌上花鈿[8]。

注釋

❶ 一春：整個春天。
❷ 長費：指耗費很多。
❸ 買花錢：舊時有特指狎妓費用的意思。
❹ 玉驄（cōng）：毛色青白相間的馬。
❺ 驕：馬壯健的樣子。
❻ 沽酒：買酒。
❼ 殘醉：酒後殘存的醉意。
❽ 花鈿：女子頭飾。用金翠珠寶製成的花形首飾。

背景

俞國寶，字不詳，號醒庵。江西撫州臨川人。約宋寧宗慶元初前後在世。孝宗淳熙間為太學生。江西詩派著名詩人之一。著有《醒庵遺珠集》十卷。

淳熙十二年（1185），太上皇高宗一日遊西湖，見酒肆屏風上有《風入松》詞，末句云：「明日重攜殘酒，來尋陌上花鈿。」高宗注目稱賞此詞久之，宣問何人所作，乃太學生俞國寶醉筆也。高宗笑曰：「此調甚好，但末句未免儒酸。」因為改定云「明日重扶殘醉」，則迥不同矣。即日予釋褐（注：即授官）。（《武林舊事》卷三《西湖遊幸》載）這首詞詞風香豔綺麗，抓住西湖邊熱鬧的景象、濃郁的色彩，畫出了一幅生動的西湖遊春圖，傳達了詞人對西湖的無比留戀，結尾則餘情裊裊。

花港觀魚　西湖十景之一。在蘇堤映波橋西北 197 米處，介於小南湖與西里湖間。以賞花、觀魚為景觀主題，體驗自然的勃勃生機。南宋時花港觀魚位於官員盧允升的別墅內，因所在位置水域名花港，別墅內鑿池養魚，故名「花港觀魚」。該景觀單元現存御碑、御碑亭、魚池及假山等遺址。全園分為紅魚池、牡丹園、花港、大草坪、密林地五個景區。一條山澗從花家山流入西湖，曲曲折折，稱之為花港。水中有魚，溪畔有花，園中有亭，園內種植牡丹、芍藥，春日裏，落英繽紛，呈現出「花着魚身魚嘬花」的勝景。

（八）

醜奴兒慢

雙清樓

空濛乍斂[1]，波影簾花晴亂；正西子梳妝樓上，鏡舞青鸞[2]。潤逼風襟[3]，滿湖山色入闌干。天虛鳴籟，雲多易雨，長帶秋寒。

遙望翠凹，隔江時見，越女低鬟[4]。算堪羨、煙沙白鷺，暮往朝還。歌管重城[5]，醉花春夢半香殘。乘風邀月，持杯對影，雲海人間。

吳文英

注釋

❶ 空濛：細雨迷茫的樣子。

❷ 鏡舞青鸞：傳說中的鸞鳥，雌雄形影不離，出入成雙；古人便把鸞鳥鑄在鏡子裏，也因此稱鏡為鸞，就是詩詞中常出現的「鸞鏡」。

❸ 風襟：外衣的下襟；亦指外衣。也指人的襟懷，胸襟。

❹ 低鬟：猶低首，低頭。用以形容美女嬌羞之態。

❺ 重城：這裏指都城杭州。

背景

吳文英（約1200～約1260），字君特，號夢窗，晚年又號覺翁。四明（今浙江寧波）人。他原出翁姓，後出嗣吳氏。一生未第，遊幕終身，於蘇州、杭州、越州三地居留較久，並以蘇州為中心，北上到過淮安、鎮江，蘇杭道中又歷經吳江、無錫及茹霅二溪。遊蹤所至，每有題詠。晚年一度客居越州，先後為浙東安撫使吳潛及嗣榮王趙與芮門下客。詞風密麗。在南宋詞壇，屬於作品數量較多的詞人，其《夢窗詞》有三百四十餘首。

這首詞的上闋從西湖雨後風光寫起，色彩穠麗，美景如畫。但陰雨時節帶給人秋寒的感覺，已經隱含了另一番意味。隔江而望，高低錯落的山水美景恰如低頭浣紗的越女西子。而詞人不同於那些沉醉於重城歌管中的人們，他欣羨的是來去自由的煙沙白鷺，結句「乘風邀月，持杯對影，雲海人間」塑造了一個高朗的形象，體現了澄澈的胸襟。

旅遊看點

平湖秋月 以秋天夜晚皓月當空之際觀賞湖光月色為主題。每當清秋氣爽，西湖湖面平靜如鏡，皓潔的秋月當空，月光與湖水交相輝映，故題名「平湖秋月」。南宋時平湖秋月並無固定景址，而以泛舟湖上流覽秋夜月景為勝。康熙三十八年（1699），清聖祖巡幸西湖，御書「平湖秋月」匾額，從此景點固定。現今的平湖秋月觀景點位於白堤西端，背依孤山，面臨外湖。景觀完整保留了清代皇家欽定西湖十景時「一院一樓一碑一亭」的院落佈局。

（九）

木蘭花慢

周密

蘇堤春曉西湖十景尚矣。張成子[1]嘗賦應天長十闋誇余曰：「是古今詞家未能道者。」余時年少氣銳，謂此人間景，余與子皆人間人，子能道，余顧不能道耶，冥搜六日而詞成。成子驚賞敏妙，許放出一頭地。異日霞翁[2]見之曰：「語麗矣，如律未協何。」遂相與訂正，閱數月而後定。是知詞不難作，而難於改；語不難工，而難於協。翁往矣，賞音寂然。姑述其概，以寄余懷云蘇堤春曉。

恰芳菲夢醒，漾殘月、轉湘簾。正翠崦[3]收鐘，彤墀[4]放仗[5]，台榭輕煙。東園。夜遊乍散，聽金壺[6]、逗曉歇花簽。宮柳微開露眼，小鶯寂妒春眠。

冰奩[7]。黛淺紅鮮。臨曉鑒、競晨妍。怕誤卻佳期，宿妝旋[8]整，忙上雕軿[9]。都緣探芳起早，看堤邊、早有已開船。薇帳[10]殘香淚蠟，有人病酒懨懨[11]。

注釋

❶ 張成子：《絕妙好詞》卷五：「張龍榮，字成子，號梅深。」

❷ 霞翁：紫霞翁楊纘。《浩然齋雅談》（下）：「楊纘字嗣翁，號守齋，又號紫霞。」

❸ 崦（yān）：山的別稱。

❹ 彤墀（chí）：丹墀，古代宮殿前的石級。

❺ 仗：儀衞。

❻ 金壺：銅壺，古代計時器具。

❼ 冰奩（lián）：晶瑩潔白的梳妝台。此則特指鏡子。

❽ 宿妝：隔夜留下的殘妝。

❾ 雕軿（píng）：婦女乘坐的刻有花紋的、裝有帷蓋的車。

❿ 薇帳：李賀《昌谷詩》：「愁月薇帳紅。」清王琦注云：「薇帳，薔薇交延，叢遮若帳也。」

⓫ 懨懨：精神不振的樣子。

背景

周密（1232～1298），字公謹，號草窗，又號四水潛夫、弁陽老人、華不注山人。祖籍濟南，流寓吳興（今浙江湖州）。宋德祐間為義烏縣（今屬浙江）令。入元隱居不仕。他的詩文都有成就，又能詩畫音律，尤好藏弆（jǔ）校書，一生著述較豐。著有《齊東野語》《武林舊事》《癸辛雜識》《志雅堂要雜鈔》等雜著數十種。

周密作《木蘭花慢》十首，分別詠西湖十景，此為第一首。西湖十景的由來起始於南宋的文人畫。作為南宋光宗、寧宗兩朝畫院待詔，馬遠等人就創作過「西湖十景」畫。到了宋理宗時期，以「西湖吟社」為中心的一批文人雅士，以西湖十景為題創作了一批聯章詞，這是我們所見最早的「西湖十景詞」。陳允平《西湖十景跋》

云：「周公謹以所作《木蘭花慢》示予，約同賦，因成。時景定癸亥（1263）歲也。」據此可知這十首詞作於是年。全詞對春來的描述浸透了末世之音，「殘香」「病酒」的意象傳遞出無力的悵惘，充滿了頹然的意緒。

旅遊看點

蘇堤春曉　西湖十景之一。位於西湖的西部水域。北宋元祐五年（1090），蘇軾用疏浚西湖時挖出的湖泥堆築了一條南北走向的長堤。堤上建有六橋，自南向北依次命名為映波橋、鎖瀾橋、望山橋、壓堤橋、東浦橋和跨虹橋。後人為紀念蘇軾，將此堤命名為「蘇堤」。蘇堤是跨湖連通南北兩岸的惟一通道，穿越了整個西湖水域，因此，在蘇堤上具備最為完整的視域範圍，是觀賞全湖景觀的最佳地帶。在壓堤橋南御碑亭處駐足，如圖畫般展開的湖山勝景盡收眼底。蘇堤自北宋始建至今，一直保持了沿堤兩側相間種植桃樹和垂柳的植物景觀特色。春季拂曉是欣賞「蘇堤春曉」的最佳時間，此時薄霧濛濛，垂柳初綠、桃花盛開，盡顯西湖旖旎的柔美氣質。

（一〇）

長相思

吳山青[1]，越山青[2]，兩岸青山相送迎，誰知離別情？

君淚盈，妾淚盈，羅帶同心結未成[3]，江邊潮已平[4]。

林逋

注釋

❶ 吳山：指錢塘江北岸的山，此地古代屬吳國。

❷ 越山：錢塘江南岸的山，此地古代屬越國。

❸ 羅帶同心結未成：古代結婚或定情時以香羅帶打成菱形結子，以示同心相連。南朝《蘇小小歌》：「何處結同心，西陵松柏下。」

❹ 江邊潮已平：暗示船將啟航。

背景

林逋（967～1028），字君復，後人稱為和靖先生。曾漫遊江淮間，後隱居杭州西湖，結廬孤山。常駕小舟遍遊西湖諸寺廟，與高僧詩友相往還。天聖六年（1028）卒，宋仁宗賜謚「和靖先生」。林逋隱居西湖孤山，終生不仕不娶，惟喜植梅養鶴，自謂「以梅為妻，以鶴為子」，人稱「梅妻鶴子」。

這首詞從一女子的角度，抒寫她與情人離別的悲懷。上闋寫景，景中襯情。渲染出錢塘江兩岸優美的風光，藉以託物寄懷。接下來兩句採用擬人手法，既點明主題，又轉入人間離別愁苦。下闋抒情，以情托景。寫到離別時要承受着分別的痛苦，卻要假意寬慰，不要過多牽掛，可見雙方相互體貼入微。結尾以景作結，一江恨水，延綿無盡，蘊藉深厚。詞採用了民歌中常用的複沓形式，在節奏上產生一種迴環往復、一唱三歎的藝術效果。

旅遊看點

錢塘江　古稱浙，全名「浙江」，又名「折江」「之江」「羅刹江」，一般浙江富陽段稱為富春江，浙江下游杭州段稱為錢塘江。錢塘江最早見名於《山海經》，因流經古錢塘縣（今杭州）而得名，是吳越文化的主要發源地之一。錢塘江是浙江省最大的河流，是宋代兩浙路的命名來源，也是明初浙江省設立時的省名來源。以北源新安江起算，河長 588.73 公里；以南源衢江上游馬金溪起算，河長 522.22 公里。經杭州灣注入東海。

九溪煙樹　俗稱「九溪十八澗」。北接龍井，南貫錢塘江。源發翁家山楊梅嶺下，途匯清灣、宏法、唐家、小康、佛石、百丈、雲棲、清頭和方家九溪，曲折隱忽，流入錢江。十八澗係指細流之多，流泉淙淙。九溪與十八澗在八覺山下的溪中溪餐館前匯合。一路重巒疊嶂，茶園散處，峯迴路轉，流水淙淙。

（一一）

瑞鷓鴣

蘇軾

觀潮

碧山影裏小紅旗。儂是江南踏浪兒[1]。拍手欲嘲山簡醉[2]，齊聲爭唱浪婆詞[3]。

西興渡口帆初落、漁浦山頭日未欹[4]。儂欲送潮歌底曲[5]，尊前還唱使君詩[6]。

注釋

❶ 踏浪兒：參加水戲的選手。孟郊《送淡公詩》：「儂是清浪兒，每踼清浪遊。」

❷ 山簡：字季倫，晉時人，好酒，《晉書》記載當時的兒歌嘲他「日夕倒載歸，酩酊無所知」。

❸ 浪婆：波浪之神。孟郊《銅斗歌》：「儂是踏浪兒，飲則拜浪婆。」

❹ 欹：傾斜。

❺ 底：甚麼。

❻ 使君：指杭州太守陳襄。是日詞人與陳襄同遊。

背景

蘇軾，見第一五頁《臨江仙》（忘卻成都來十載）。

熙寧六年（1073），蘇軾任杭州通判，因八月十五日觀潮作詩五首（即《八月十五日看潮五絕》），寫在安濟亭上。王文誥《蘇文忠公詩編注集成總案》卷十指出：「八月十五日觀潮，題詩安濟亭上，復作《瑞鷓鴣》詞。」合而觀之，可知這首詞作於宋神宗熙寧六年八月。這首詞上闋寫弄潮兒在萬頃波中自由、活潑的形象，表現出樂觀、開朗的精神狀態。下闋寫錢塘江退潮，弄潮兒唱起「使君詩」作為送潮曲。詞作帶有民歌風味，語言平實，親切有味，富有生活氣息。

錢塘江大潮 觀賞錢塘秋潮，早在漢、魏、六朝時就已蔚成風氣，至唐、宋時，此風更盛。海水潮汐的升降幅度逐日變化，在農曆朔（初一）望（十五）日，因太陽、月球和地球三者近似處於一直線上，由太陽和月球引起的潮汐疊加就形成了大潮。相傳農曆八月十八是潮神的生日，故潮峯最高。南宋朝廷曾經規定，這一天在錢塘江上校閱水師，以後相沿成習，八月十八逐漸成為觀潮節。除農曆八月十八前後三天觀潮節外，農曆每月初與月中皆有大潮可觀，並可作一潮三看「追潮遊」。不同的地段可賞到不同的潮景：塔旁觀「一線潮」，八堡看「匯合潮」，老鹽倉可賞「回頭潮」。遠眺錢塘江出海的喇叭口，潮汐形成洶湧的浪濤，猶如萬馬奔騰，遇到澉浦附近河牀沙坎受阻，潮浪掀起 3～5 米高，潮差竟達 9～10 米。

這一壯觀景象，跟錢塘江口狀似喇叭形有關。錢塘江南岸赭山以東近 50 萬畝圍墾大地像半島似的擋住江口，使錢塘江赭山至外十二工段酷似肚大口小的瓶子，潮水易進難退，杭州灣外口寬達 100 公里，到外十二工段僅寬幾公里，江口東段河牀又突然上升，灘高水淺，當大量潮水從錢塘江口湧進來時，由於江面迅速縮小，使潮水來不及均勻上升，就只好後浪推前浪，層層相疊。其次還跟錢塘江水下多沉沙有關，這些沉沙對潮流起阻擋和摩擦作用，使潮水前坡變陡，速度減緩，從而形成後浪趕前浪，一浪疊一浪湧。

古時杭州觀潮，以鳳凰山、江幹一帶為最佳處。因地理位置的變遷，從明代起以海寧鹽官為觀潮第一勝地，故亦稱「海寧觀潮」。

（一二）

聞鵲喜

吳山觀濤

天水碧，染就一江秋色。鼇戴雪山龍起蟄，快風吹海立。

數點煙鬟[1]青滴，一杼[2]霞綃紅濕，白鳥明邊帆影直，隔江聞夜笛。

周密

注釋

❶ 鬟：女子的環形髮髻。這裏指青山如女子髮髻狀。
❷ 杼：織布機上的筬，古代亦指梭。

背景

周密，見第七三頁《木蘭花慢》（恰芳菲夢醒）。

這首詞題詠錢塘大潮的排山倒海之勢。寫海潮咆哮着洶湧而來，好像是神龜背負的雪山，又好像是從夢中驚醒的蟄伏海底的巨龍，令人產生驚心動魄之感。風平浪靜之後，萬籟俱寂，青山籠罩着淡淡的煙靄，蒼翠欲滴。天邊的晚霞，彷彿是剛剛織好的綃紗，浸潤着潮水的氣息，描寫富有詩意，顯得餘韻悠長。日夜相繼，動靜相生的起伏變化，有餘音繞樑的效果。

旅遊看點

吳山天風　新西湖十景之一。吳山在浙江杭州市西湖東南。天目山餘脈於杭州截止，在西湖北岸形成葛嶺、寶石山，在西湖南岸的，就是吳山。山勢綿亙起伏，伸入市區，左帶錢塘江，右瞰西湖，為杭州名勝。春秋時為吳西界，故名。或云以伍子胥故，訛伍為吳。又因此山有子胥祠，遂稱胥山。五代吳越中時（一說宋代）山上有城隍廟，故亦稱城隍山，今通稱吳山。景秀、石奇、泉清、洞美。吳山不高，但由於插入市區，其東、北、西北多俯臨街市巷陌，南面可遠眺錢塘江及兩岸平疇，上吳山仍有凌空超越之感，且可盡覽杭州江、山、湖、城之勝，「吳山天風」即由此而得名。

（一三）

鷓鴣天

蘭溪舟中

雨濕西風水面煙。一巾華髮上溪船。帆迎山色來還去，櫓破灘痕散復圓。
尋濁酒，試吟篇。避人鷗鷺[1]更翩翩。五更猶作錢塘夢，睡覺[2]方知過眼前。

韓淲

注釋

❶ 鷗鷺：鷗鳥和鷺鳥的統稱。

❷ 覺：醒來。

背景

韓淲（biāo）（1159～1224），字仲止，一作子仲，號澗泉，韓元吉之子。祖籍開封，南渡後隸籍信州上饒（今屬江西）。從仕後不久即歸，有詩名，著有《澗泉集》。韓淲清廉狷介，與同時知名詩人多有交遊。

蘭溪在浙江中部，這首詞是詞人沿蘭溪赴錢塘在舟中寫的。韓淲詞多寫閑情逸致，此詞正是以清幽淡靜之筆，寫出了閑情逸致之趣。作品營造了一個空江煙雨的境界。朦朧的江面，朦朧的煙雨，朦朧的山色，織就朦朧的意境。詞人乘舟，風行水上，飽覽山色水容，船迎往前去，山迎面而來，別具情趣。船夫以櫓盪水，擊散了圓圓的瀫痕，船過處，瀫痕又一一復為圓形，一切又復歸平靜，詞人之心，也就如此融合於大自然之中。

旅遊看點

蘭溪　在浙江中部，今稱蘭江，是錢塘江上游一段幹流之名。因其波類羅瀫紋，亦名瀫水。衢江與金華江於城關鎮西南匯合，舊時崖多蘭茝（chǎi），因名蘭江，再往下，依次稱桐江、富春江、錢塘江，流經杭州入海。這條江流山水清絕，自古聞名遐邇。

（一四）

生查子

毛滂

富陽道中

春晚出山城，落日行江岸。人不共潮來，香亦臨風散。[1][2]

花謝小妝殘，鶯困清歌斷。行雨夢魂消，飛絮心情亂。

注釋

❶ 香：女子曾為自己祈祝所燃之香。

❷ 臨風：迎風，當風。

背景

毛滂（1055？～1120？），字澤民，衢州江同（今屬浙江）人。哲宗元祐間為杭州法曹，蘇軾曾加薦舉。晚年與蔡京亦有交往。其詞受蘇軾、柳永影響。無穠豔詞語，自然深摯、秀雅飄逸。對陳與義、朱敦儒乃至姜夔、張炎等人的創作都有影響。

這首詞是毛滂辭官後，行於富陽途中所作。詞人在暮春傍晚時分，獨自走出富陽縣的山城，行至富春江畔。詞人眺望江面，霧靄茫茫，斜暉脈脈，在這黯然蕭索的氛圍中，強烈的悵意和思念佔據了詞人的心。錢塘潮水不能將心愛的人帶到身邊，思人而不得，用一個「亂」字代表了一切。因此，在詞人的眼裏，大自然的春天、花鳥、山水、風雨、柳絮等沒有任何美感，只平添紛亂，惱人心意而已。毛滂一生仕途失意，在離別的痛苦中，此詞也混雜着他仕途失意、前途渺茫、漂泊無定的煩悶心緒，語盡而意不盡。

旅遊看點

富陽　位於浙江省杭州市的西南角，古稱富春。山清水秀，風光旖旎，兼具山城之美和江南之秀，「天下佳山水，古今推富春」，是典型的江南山水之城。境內有鍾靈毓秀的鸛山、富春勝地天鐘山、華東最大的天然淡水浴場新沙島、亞太地區第一大洞廳九霄碧雲洞、保持明清建築特色的吳帝孫權後裔集聚地龍門古鎮等自然人文名勝。除此之外，富陽還有不少人文景觀，如郁達夫故居、羅隱碑林。

富春江　為錢塘江建德市梅城鎮下至蕭山區聞家堰段的別稱。流貫浙江省桐廬、富陽兩縣區。富春江兩岸山色青翠秀麗，江水清碧見底，素以水色佳美著稱，更兼許多具有濃郁地方特色的村落和集鎮點染，使富春江、新安江畫卷增色生輝。富春江一帶昔有「小三峽」之稱，沿途有梅城古鎮、雙塔凌雲、胥江野渡、葫蘆飛瀑、七里揚帆、嚴子陵釣台等名勝古跡。

（一五）

滿江紅

柳永

暮雨初收，長川[1]靜，征帆夜落。臨島嶼，蓼煙[2]疏淡，葦風[3]蕭索。幾許漁人飛短艇，盡載燈火歸村落。遣行客、當此念回程，傷漂泊。

桐江[4]好，煙漠漠[5]。波似染，山如削。繞嚴陵灘[6]畔，鷺飛魚躍。遊宦區區成底事，平生況有雲泉約[7]。歸去來，一曲仲宣[8]吟，從軍樂[9]。

注釋

❶ 長川：長河。

❷ 蓼煙：籠罩着蓼草的煙霧。蓼，水蓼，一種生長在水邊的植物。

❸ 葦風：吹拂蘆葦的風。

❹ 桐江：在今浙江桐廬縣北，即錢塘江中游自嚴州至桐廬一段的別稱。又名富春江。

❺ 漠漠：彌漫的樣子。

❻ 嚴陵灘：又名嚴灘、嚴陵瀨，在浙江桐廬縣南桐江畔。相傳為東漢嚴光隱居垂釣處。

❼ 雲泉約：指歸隱山林。

❽ 仲宣：三國時王粲的字，王粲初依荊州劉表，未被重用，作《登樓賦》，以抒歸土懷鄉之情。後為曹操所重，從曹操西征張魯。

❾ 從軍樂：《從軍行》。王粲曾作《從軍行》五首，主要抒發行役之苦和思婦之情。

背景

柳永，見第一二頁《一寸金》(井絡天開)。

柳永仕途不順，年屆半百，方才及第，遊宦已倦。這首詞即抒發了詞人對遊宦生涯的厭倦和對歸隱生活的嚮往之情。江山美好，魚鳥自由，漁人團聚，而詞人一年到頭都是四海為家，宦遊成羈旅，於是發自肺腑地感歎「遊宦區區成底事」，不如及早結束這行役之苦。這首詞當時在睦州民間廣為流傳。據北宋僧人文瑩的《湘山野錄》記載：「范文正公謫睦州，過嚴陵祠下。會吳俗歲祀，里巫迎神，但歌《滿江紅》，有『桐江好，煙漠漠，波似染，山如削，繞嚴陵灘畔，鷺飛魚躍』之句。公曰：『吾不善音律，撰一絕送神。』曰：『漢包六合網英豪，一個冥鴻惜羽毛。世祖功臣三十六，雲台爭似釣台高？』吳俗至今歌之。」

嚴子陵釣台　因東漢高士嚴光拒絕光武帝劉秀之召，拒封「諫議大夫」之官位，來此地隱居垂釣而聞名古今。位於浙江省桐廬縣距城南 15 公里的富春山麓，是富春江上的主要風景區。嚴光，字子陵，會稽餘姚人，東漢初年隱士。少時曾與劉秀同游學。劉秀即位後，嚴子陵不願出仕，遂更名隱居，「披羊裘釣澤中」。劉秀再三盛禮相邀，授諫議大夫，嚴子陵仍「不屈，乃耕於富春山」。後老死於家，年八十。嚴子陵釣台由東台、西台、嚴先生祠、石坊、碑園、釣魚島、富春江小三峽等景點組成。

（一六）

行香子

蘇軾

過七里瀨[1]

一葉舟輕，雙槳鴻驚。水天清、影湛波平。魚翻藻鑒[2]，鷺點煙汀[3]。過沙溪急，霜溪冷，月溪明。

重重似畫，曲曲如屏。算當年、虛老嚴陵。君臣一夢，今古空名[4]。但遠山長，雲山亂，曉山青。

注釋

❶ 瀨：沙石上流過的急水。

❷ 藻鑒：亦稱藻鏡，指背面刻有魚、藻之類紋飾的銅鏡。這裏比喻像鏡子一樣平的水面。

❸ 汀（tīng）：水中或水邊的平地，小洲。

❹ 空名：世人有認為嚴光釣魚是假，「釣名」是真。這裏指劉秀稱帝和嚴光垂釣都不過是夢一般的空名而已。

背景

蘇軾，見第一五頁《臨江仙》（忘卻成都來十載）。

這首詞作於宋神宗熙寧六年（1073）春二月。蘇軾時任杭州通判，巡查富陽，由新城至桐廬，乘舟富春江，經過七里瀨時作此詞。這首詞在對大自然美景的讚歎中，體現出詞人熱愛自然、熱愛生活的情趣。詞人能將沉重的榮辱得失化為過眼雲煙，從自然中找回內心的寧靜與安慰。詞中那生意盎然、活潑清靈的景色中，融注着詞人深沉的人生感慨和哲理思考，寄寓了因緣自適、看透名利、歸真返璞的人生態度。空名終究要逝去，只有大自然的生命才是永恆的。

旅遊看點

七里揚帆　七里瀨，又名七里灘、七里瀧，在今浙江省桐廬縣城南三十里。錢塘江兩岸山巒夾峙，水流湍急，連綿七里，故名七里瀨。富春江七里揚帆風景區是富春江—新安江—千島湖國家級風景名勝區的重要組成部分。它以山青、水清、史悠、境幽為特色，是富春江風光的精華，在旅遊界有「小三峽」之稱。「七里揚帆」綠道，奇山異水，天下獨絕。歷代文人墨客李白、孟浩然、杜牧、劉長卿、范仲淹、陸游、黃公望、唐伯虎等均在此留下傳世名作。

雙塔凌雲　位於浙江建德市城東 36 公里三江口。兩塔隔江相望，聳立雲天。南為南峯塔，北為北峯塔，均為八角七級磚塔，有盤梯可登塔頂。始建於隋末唐初，重建於明嘉靖二十五年（1546）。宋宋維藩詞：「雁剎盤空聳秀，突兀碧雲間，百尺棲頭上，煙霧鎖欄杆。」北塔下有方臘點將台、碧波井、刀劈岩；南塔中有明嘉靖都御史胡宗憲撰文的《兩峯建塔記》石碑。

葫蘆飛瀑　位於富春江國家森林公園內的瀧江分場內，距建德市新安江鎮 35 公里。瀑高 98 米，寬 6～7 米，雨季時，瀑寬可達 10 米。在陡峭光滑的石壁上，大自然的鬼斧神工鑿出了上下相連、上小下大的兩個洞。瀑水從崖頂流入洞內，極像一個巨大的葫蘆。在葫蘆瀑周圍尚有桃花瀑、高梅瀑等數條瀑布，均氣勢磅礴，令人流連忘返。

（一七）

漢宮春

辛棄疾

會稽蓬萊閣觀雨

秦望山頭[1]，看亂雲急雨，倒立江湖。不知雲者為雨，雨者雲乎。長空萬里，被西風、變滅須臾。回首聽、月明天籟，人間萬竅號呼[2]。

誰向若耶溪上，倩[3]美人西去，麋鹿姑蘇。至今故國人望，一舸歸歟。歲雲暮矣，問何不鼓瑟吹竽。君不見、王亭謝館，冷煙寒樹啼烏。

注釋

❶ 秦望山：一名會稽山，在會稽東南四十里處。這裏曾是秦始皇南巡時望大海、祭大禹之處。

❷ 萬竅號呼：語出《莊子・齊物論》:「夫大塊噫氣，其名為風。是惟無作，作則萬竅怒呺。」指「天籟」，自然界的音響。

❸ 倩：請。

背景

辛棄疾，見第五七頁《滿江紅》(直節堂堂)。

宋寧宗嘉泰三年（1203），辛棄疾被重新起用，任命為知紹興府兼浙東安撫使。詞作於這年的晚秋時節。詞人通過會稽山頭雲雨蒼茫的景象和乍雨還晴的自然變化，悟出了一個哲理：事物都處在不斷變化中，為下闋追懷以弱勝強、轉敗為勝又功成身退的范蠡做了有力的鋪墊。范蠡曾助越王報仇雪恥，令以恢復中原、雪靖康之恥為抱負的辛棄疾頗有共鳴。但是，已至遲暮之年的現實，使他的內心也充滿了人生短暫、功名如浮雲流水的悲歎。

會稽山　亦稱茅山、畝山，位於浙江紹興北部平原南部。會稽山文化積澱深厚，景區內有大禹陵、爐峯禪寺等名勝古跡，最高峯為香爐峯。大禹陵背靠會稽山，面對亭山，前臨禹池。池岸建青石牌坊一座，由通道入內，有 1979 年重建的大禹陵碑亭一座，飛簷翹角，矗立通道盡頭，內立明人南大吉書「大禹陵」三字巨碑一塊。亭周古槐蟠鬱，松竹交翠，幽靜清雅。亭南有禹穴辯碑和禹穴碑，係前人考辨夏禹墓穴所在而立。陵左側有禹祠，為重建。陵右側有禹廟。

香爐峯　海拔 354 米，位於大禹陵景區的西方，因峯頂岩石狀如香爐而得名。每逢雲雨天氣，山頂雨霧迷濛，煙靄繚繞，如香爐的青煙。沿着一千七八百級石級曲折盤行直上山脊，先後可看到巍峨的大雄寶殿、小巧的四面觀音殿、思遠塔等宗教性建築。峯頂的「爐峯禪寺」為香爐峯景區主要景觀。

若耶溪　今名平水江，是紹興境內一條著名的溪流。溪畔青山疊翠，溪內流泉澄碧，兩岸風光如畫。相傳為西施浣紗之所。若耶溪源頭在若耶山，山下有一深潭，據說就是酈道元《水經注》中的「樵峴麻潭」。昔日的潭址已沒入 1964 年建成的平水江水庫，庫區魚鷗成羣，風景秀麗。據記載，早在 2400 多年前，薛燭曾向越王獻策：「若耶之溪涸而銅出。」以後，歐冶子就在這裏鑄造寶劍。現在的平水銅礦附近，尚有鑄鋪山和歐冶大井遺址。

（一八）

水龍吟

黃慶長夜泛鑑湖，有懷歸之曲，課予和之。

夜深客子移舟處，兩兩沙禽驚起。紅衣[1]入槳，青燈搖浪，微涼意思。把酒臨風，不思歸去，有如此水[2]。況茂陵[3]遊倦，長干[4]望久，芳心事、簫聲裏。

屈指歸期尚未。鵲南飛、有人應喜。畫闌桂子，留香小待，提攜影底。我已情多，十年幽夢，略曾如此。甚謝郎[5]、也恨飄零，解道月明千里。

姜夔

注釋

❶ 紅衣：指荷花。

❷ 有如此水：指水而誓語。指祖逖北伐渡江，中流擊楫的典故。

❸ 茂陵：漢武帝陵。司馬相如晚年多病，客居茂陵。

❹ 長干：古金陵里巷名，此代指故鄉。

❺ 謝郎：謝莊，南朝宋文學家，作有《月賦》，有「美人邁兮音塵絕，隔千里兮共明月」之句。此處借指友人黃慶長。

背景

姜夔，見第六四頁《角招》（為春瘦）。

這首詞藉和友人懷歸之詞，而抒發自己相思之情。紹熙四年（1193）之秋，白石客遊紹興，與友人黃慶長清夜泛舟城南之鑒湖，慶長作懷歸之詞，囑白石和之，白石遂有此作。白石年輕時在合肥種下一段相思情事，至暮年仍不改其心之誠。時光的流逝和空間的轉換加上人事變幻的滄桑感，不僅不能減弱白石的綿綿之恨，反而更增其悱惻難解之情。詞人想像着，畫闌之前，桂樹留香，待得人歸，好與伊人攜手遊賞於月光之下，桂花影裏。然而一切又不免化為幻夢而已。結句將友人的憾恨與自己的傷感聯繫在一起，寫人亦是寫己，再度強化了執着纏綿之相思。

旅遊看點

鑒湖　在浙江省紹興市城西南，為浙江名湖之一。史載，東漢會稽太守馬臻攔堤築湖，東起上虞蒿壩，西至紹興錢清，全長一百二十七里，匯集會稽、山陰36源之水而成。由東跨湖橋、快閣、三山、清水閘、柯岩、湖塘6個景區和湖南山旅遊活動區組成。鑒湖不僅有獨特的自然風光，還有許多名勝古跡為之增色。

柯岩風景區　位於紹興城西12公里處柯山東麓，南臨鑒湖，北連柯橋。柯岩之「柯」，來源於柯亭。古人建驛亭，因陋就簡，樹枝為樑，青竹為椽，茅草為頂，以柯名亭，自有一種草創的粗獷原始。柯岩以石景而名世，姿態各異的石宕、石洞和石壁，是人們覽勝的「絕勝」之地。至清代乃有柯岩八景，經現代別具匠心建成了天工大佛、七岩觀魚、三聚同源、越女春曉、鏡水飛瀑、仙人洞橋等20多個景點，形成了石佛、鏡水灣、越中名士苑三大景區。

（一九）

齊天樂

吳文英

與馮深居[1]登禹陵[2]

三千年事殘[3]鴉外，無言倦憑秋樹。逝水移川，高陵變谷，那識當時神禹。幽雲怪雨[4]。翠萍濕空梁[5]，夜深飛去。雁起青天，數行書似舊藏處[6]。

寂寥西窗久坐，故人慳[7]會遇，同翦燈[8]語。積蘚殘碑[9]，零圭斷璧[10]，重拂人間塵土。霜紅罷舞。漫山色青青，霧朝煙暮。岸鎖春船，畫旗喧賽鼓[11]。

注釋

❶ 馮深居：馮去非，字可遷，號深居，江西都昌人。淳祐元年進士，南宋理宗寶祐年間曾為宗學諭，因為與當時的權臣丁大全交惡被免官。

❷ 禹陵：傳為夏禹的陵墓。在浙江紹興市東南，背靠會稽山。

❸ 三千年事：夏禹在位是公元前 2140 年，至吳文英在世之年 1250 年，約為 3390 年，故曰三千年事。

❹ 幽雲怪雨：不同尋常之風雨。

❺ 梁：禹廟之梅梁。

❻ 舊藏處：指大禹治水後藏書之處。《大明一統志．紹興府志》:「石匱山，在府城東南一十五里，山形如匱。相傳禹治水畢，藏書於此。」

❼ 慳（qiān）：稀少。

❽ 翦燈：剪去油燈燒殘的燈芯，使燈焰明亮。

❾ 積蘚殘碑：長滿苔蘚的斷殘古碑。

❿ 零圭斷璧：指禹廟發現的古文物。

⓫ 賽鼓：祭神賽會的鼓樂聲。此指祭祀夏禹的盛會。

背景

吳文英，見第七〇頁《醜奴兒慢》（空濛乍斂）。

宋理宗淳祐元年（1241）秋，吳文英與好友馮深居登上禹陵，感慨聖皇夏禹的豐功偉業，而理宗則任用權佞，國事維艱，感今懷古，吳文英有無限喟歎，寫下了這首詞。上闋寫登禹陵所見所感，使全詞籠罩在歷史滄桑感之中。詞人反覆抒發對大禹的憑弔之情，對世事變幻、滄海桑田的感慨溢於言表，深鬱悲涼。禹王之功績無尋，英靈何在？除了古物殘存，供人憑弔，還應如何恢復先賢的功業？雖然全篇被疲憊暗淡的色彩籠罩，但結尾以春光收束，耐人尋味。

大禹陵　古稱禹穴，大禹的葬地。它背靠會稽山，前臨禹池。位於浙江紹興城東南稽山門外會稽山麓。大禹是上古時代一位治水英雄，中國第一個王朝 —— 夏朝的開國之君，被後人尊為「立國之祖」。明洪武年間，大禹陵即被欽定為全國 36 座應祭王陵之一。陵區坐東朝西，高低錯落，山環水繞。

禹祠　為姒氏之宗祠，位於大禹陵南側。坐東朝西，由前殿、後殿、曲廊組成，中有天井分隔。入口為垂花門，後殿置有前後廊。祠內有禹穴辯碑，祠內有前殿、後殿、放生池、曲廊和禹井亭等建築，是禹的第六代子孫無餘所建。後來作為供奉、祭祀大禹及其後代的宗祠。幾經興廢，現存的禹祠是 1986 年在原址上重建的。內有一尊大禹塑像，兩邊陳列着與大禹治水傳說相關的文物圖片、歷史資料及紹興姒氏宗譜。

禹廟　位於禹陵北側，為歷代帝王、官府和百姓祭祀大禹的地方。禹王廟坐北朝南，周以丹牆。是一組宮殿式建築羣，總體佈局沿南北軸線展開，前低後高，左右對稱，主要建築物自南而北，依次為照壁、岣嶁碑亭、欞星門、午門、拜廳、正殿，依山勢逐漸上升，禹王廟之照壁與南牆相連。順山勢逐步升高，殿前鋪設石級。配以窆石亭、宰牲房、菲飲泉等景點。今廟始建於南朝梁武帝大同十一年（545），歷代屢建屢毀。現存大殿建築係民國二十二年（1933）重建，其餘部分為清代重建。

（二〇）

憶舊遊

登蓬萊閣

問蓬萊何處，風月依然，萬里江清。休說神仙事，便神仙縱有，即是閑人。笑我幾番醒醉，石磴掃[1]松陰[2]。任狂客難招，採芳[3]難贈，且自微吟。

俯仰成陳跡，歎百年誰在，闌檻[4]孤憑。海日生殘夜[5]，看臥龍和夢[6]，飛入秋冥[7]。還聽水聲東去，山冷不生雲[8]。正目極空寒，蕭蕭漢柏愁茂陵[9]。

張炎

注釋

❶ 掃：描畫。

❷ 松陰：松樹之陰。指幽靜之地。

❸ 採芳：欲採芳草，無人可贈。

❹ 闌檻（jiàn）：欄杆。

❺ 殘夜：天快亮時。

❻ 臥龍和夢：臥龍山在朦朧中盤踞。山騰如龍，人在夢境。陳壽《三國志・蜀書・諸葛亮傳》：「諸葛孔明者，臥龍也。」

❼ 秋冥：幽深的秋天。

❽ 不生雲：雲氣蜇狀，一片淒冷不動氣象。

❾ 茂陵：漢武帝的陵墓，在今陝西興平東南。這裏是指南宋帝王的陵墓。

背景

張炎（1248～1320？），字叔夏，號玉田，晚年號樂笑翁。祖籍鳳翔成紀（今甘肅天水），寓居臨安（今浙江杭州）。張炎是南宋著名的格律派詞人。文學史上把他和姜夔並稱為「姜張」。

宋亡之後，詞人於深秋之夜，獨自登上蓬萊閣，憑弔山河，面對人世的大變和大自然的永恆，不覺感慨生哀，作成此詞。詞人身歷亡國巨變，眼前風月依舊人事已非，江天空闊客子形單影隻，不可能如所謂的神仙超然世外。耳聞大江東去滔滔之聲，目睹山河變色一片淒暗，抒發了物人皆非之感慨。一片淒冷氣象，冷峭幽寂。最後的結句含意悠遠，飽含着遺民心事。

旅遊看點

紹興卧龍山　位於浙江省紹興市西隅，海拔 74 米，面積 22 公頃，與城內蕺山、塔山鼎足而立，為水巷古城平添氣勢。它方圓 330 畝，以盤旋迴繞、形若卧龍而得名。山上古跡眾多，據記載，在全盛時的宋代，共有 72 處樓台亭閣。現存越王台、越王殿、南宋古柏、清白泉、飛翼樓、風雨亭、文種墓、櫻花園、摩崖石刻、龍湫、烈士墓、盆景園等文物景點 10 餘處。越大夫文種葬此，又名種山。康熙戊辰，翠華南幸，駐蹕於此，易名興龍山。舊時府治據東麓，故俗稱府山。府山集中了從春秋戰國至現代 2000 多年豐富多彩的歷史遺跡。它有規模宏大的越王台。越王台據傳為南宋嘉定十五年（1222）郡守汪綱建，據《越紀書》載，「周六百二十步，柱長三丈五尺三寸，溜高一丈六尺。官有百戶。高丈二尺五寸」。以後屢廢屢建。現越王台是 1981 年在舊址上再建的，主體建築 300 多平方米。從越王台向西拾級而上，登臨府山主峯，上有望海亭，可飽覽越中風貌。其北有文種墓，墓前有亭，亭內樹碑，附近有唐、宋、明等各朝代的摩崖石刻。

蓬萊閣　在紹興市區卧龍山，為唐代丞相元稹任浙江觀察使、越州刺史時所建，因眾多名流的歌頌而名盛一時。紹興在歷史上被稱為「蓬萊仙都」，源於蓬萊閣和鏡湖交相輝映的湖山勝景。北宋張伯玉寫下《蓬萊閣閑望寫懷》，王十朋寫《蓬萊閣賦》。宋以後被戰火毀壞，2008 年重建。

（二一）

木蘭花

張先

乙卯吳興[1]寒食[2]

龍頭舴艋[3]吳兒競，筍柱[4]鞦韆遊女並。
芳洲拾翠[5]暮忘歸，秀野踏青來不定。
行雲[6]去後遙山暝，已放笙[7]歌池院靜。
中庭[8]月色正清明，無數楊花過無影。

注釋

❶ 吳興：今浙江湖州市。

❷ 寒食：寒食節，在清明節前一二日，古人常在此節日掃墓、春遊。

❸ 舴艋（zé měng）：形狀如蚱蜢似的小船。

❹ 筍柱：竹竿做的柱子。

❺ 拾翠：古代婦女們春遊常採集百草，叫作拾翠。

❻ 行雲：指如雲的遊女。

❼ 放：停止。

❽ 中庭：庭院中。

背景

張先（990～1078），字子野，烏程（今浙江湖州吳興）人。北宋時期著名的詞人，曾任安陸縣的知縣，因此人稱「張安陸」。晚年退居湖杭之間。曾與梅堯臣、歐陽修、蘇軾等遊。善作慢詞，與柳永齊名，造語工巧，曾因三處善用「影」字，世稱張三影。

這首詞作於宋神宗熙寧八年（1075），歲次乙卯，退居故鄉吳興的張先度過了他人生的第八十六個寒食節，寫下了這首詞。這是一首富有生活情趣的遊春與賞月的詞。這裏有吳地青年龍舟競渡的場景，有遊女成雙成對笑玩鞦韆的畫面。上闋通過一組春遊嬉戲的鏡頭，生動地反映出古代寒食佳節的熱鬧場面，氣氛熱烈。這種濃墨重彩的描寫，平添了許多旖旎春光，洋溢着節日的歡樂氣息。下闋以工巧的畫筆，描繪出春天月夜幽雅、恬靜的景色，滿院月光清朗，只有無數的柳絮飄過，富有另一番情趣。

湖州　地處浙江省北部，處在太湖南岸，東苕溪與西苕溪匯合處。東鄰嘉興，南接杭州，西依天目山，北瀕太湖，與無錫、蘇州隔湖相望。是一座具有 2300 多年歷史的江南古城，建制始於戰國，有優美的自然景觀和眾多歷史人文景觀。「山從天目成羣出，水傍太湖分港流。行遍江南清麗地，人生只合住湖州。」（戴表元《湖州》）湖州主要旅遊景點有：大漢七十二峯、藏龍百瀑．南潯、莫干山、中國大竹海．湖州太湖、鐵佛寺．龍王山、百間樓、張石銘舊居、飛英塔、天賦湖．芙蓉谷等。湖州有三大自然保護區：龍王山自然保護區、尹家邊揚子鱷保護區、長興灰岩保護區。

南潯古鎮　建鎮至今已逾 750 年歷史，歷史積澱濃郁，文化底蘊深厚，是國家 4A 級旅遊景區。南潯擁有名甲天下的輯里湖絲、「文房四寶」之一的善璉湖筆、「輕如朝霧、薄似蟬羽」的東方工藝之花雙林綾絹。享有「中國湖筆之都」「中國古橋保存最集中的地區」「江南六大古鎮之首」之美譽。這裏有聞名遐邇的江南園林 —— 小蓮莊，著名私家藏書樓 —— 嘉業堂，明清水鄉建築 —— 百間樓，江南第一巨宅 —— 張石銘故居等。南潯鎮是歷史悠久的文化重鎮，歷來名人輩出，從明代時就有「九里三閣老，十里兩尚書」之諺，宋、明、清三代，南潯籍進士有 41 人。

（二二）

點絳唇

紹興乙卯登絕頂小亭[1]

縹緲危亭[2]，笑談獨在千峯上。與誰同賞，萬里橫煙浪[3]。

老去情懷，猶作天涯想[4]。空惆悵。少年豪放。莫學衰翁樣[5]。

葉夢得

注釋

❶ 絕頂小亭：在吳興西北弁山峯頂。
❷ 危亭：言亭之高。
❸ 煙浪：煙雲如浪，即雲海。
❹ 天涯想：指恢復中原萬里河山的夢想。
❺ 衰翁：衰老之人。

背景

葉夢得（1077～1148），字少蘊。蘇州吳縣人，一說祖籍處州松陽（今屬浙江）。晚年隱居湖州弁山玲瓏石石林，故號石林居士。在北宋末年到南宋前半期的詞風變異過程中，葉夢得是起到先導和樞紐作用的重要詞人。作為南渡詞人中年輩較長的一位，葉夢得開拓了南宋前半期以「氣」入詞的詞壇新路，主要表現在英雄氣、狂氣、逸氣三方面。

此詞作於宋高宗紹興五年（1135），是詞人去任隱居吳興卞山時，登臨卞山絕頂亭有感而發之作。葉夢得當時為南宋主戰派人物之一，大宋南渡八年，仍未能收復中原大片失地，而朝廷卻又一味向敵妥協求和，使愛國志士不能為國效力，英雄豪傑也無用武之地。詞人虛年 59 歲時，閑居卞山，登亭述懷，寫下了這首詞。他在千峯上獨自敍述胸臆，看那萬里雲煙如浪花般滾來，北方大片失地，山河破碎，心憂不已；主戰派不斷受到排擠和打擊，難找到同心同德之人。詞人抒寫了自己複雜的情懷和對時局的慨歎，但仍以豪放氣語鼓勵後輩，可見胸中熱情仍未熄滅。葉詞中的氣主要表現在英雄氣、狂氣、逸氣三方面，在這首詞中即有體現。

旅遊看點

弁山 又名卞山，在浙江省湖州市城西北 9 公里，雄峙於太湖南岸，主峯名雲峯頂，海拔 521.5 米。弁山發脈於東天目，由莫干山綿亙而北，經三山，過西苕溪即弁山。總面積約 80 平方公里，為湖州的主山，素稱「吳興富山水，弁為眾峯尊」。弁山之名，以「二山勢如冠弁，故名」。

弁山的名勝古跡頗多，其中著名的是關於項羽的遺聞。《史記・項羽本紀》載：「項梁殺人，與籍避仇吳中。」秦時的吳中，轄地甚廣，包括今浙北湖州一帶。項羽起兵江東時，弁山是駐兵之所。唐顏真卿任湖州刺史所作《石柱記》中，就有「項王廟」的記載，至今遺跡尚存。據舊志記載，項羽歿後，在湖、長一帶被尊為「蒼弁山神」「卞山王」。弁山景色最佳處，是晴日登雲峯頂，眺望太湖，雄渾蒼茫。

（二三）

鷓鴣天

姜夔

己酉之秋，苕溪記所見。

京洛風流[1]絕代[2]人，因何風絮落溪津[3]？籠鞋[4]淺出鴉頭襪[5]，知是凌波縹緲身。

紅乍[6]笑，綠長顰[7]。與誰同度可憐春。鴛鴦獨宿何曾慣，化作西樓一縷雲。

注釋

❶ 京洛：本指河南洛陽，此處借指臨安。
❷ 風流：品格超逸。
❸ 津：碼頭。
❹ 籠鞋：指鞋面較寬的鞋子。
❺ 鴉頭襪：古代婦女穿的分開足趾的襪子。
❻ 紅：此處指朱紅色的嘴唇。
❼ 綠：此處指青黛色的眉毛。

背景

姜夔，見第六四頁《角招》（為春瘦）。

這首詞作於宋孝宗淳熙十年（1183），詞人在創作這首詞時已近七十高齡，這是他被一位女性的身世所觸動而作。這位風姿綽約的佳人，有着高超的品格和舉世無雙的美貌，她的命運卻如風中的飛絮飄零。姜夔多次舉進士而不第，終身布衣，過着漂泊江湖、寄人籬下的生活，這種坎坷的身世使他對遭逢不幸的人有着深刻的理解和「同是天涯淪落人」般的共鳴。此詞通篇皆是對不幸女子的深深憐憫和同情，而毫無輕薄浮浪之語。也由於姜夔自己與一位合肥琵琶女難以忘懷的情感歷程，使他對於這位流落江湖的女子對愛情生活的無限回憶和執着追求，也有着深深的理解。詞作格調高雅，意境醇正。

苕溪　在浙江省北部，浙江八大水系之一，是太湖流域的重要支流，由於流域內沿河各地盛長蘆葦，進入秋天，蘆花飄散水上如飛雪，引人注目，當地居民稱蘆花為「苕」，故名苕溪。由東、西二苕溪組成，因兩條溪大小相仿，又稱姐妹溪。東、西苕溪遠在湖州城東匯合，經大錢口入太湖。興建東苕溪導流工程後，兩溪在湖州城西杭長橋匯合經長兜港、機坊港入太湖，太湖流域治理工程實施後，兩溪在湖州市白闕塘橋匯合經長兜港注入太湖。東、西兩苕水系在東部平原散作千港萬湖，形成密集的河網湖羣，青山翠峯夾岸相映，構成山清水遠的勝景。

太湖　位於長江三角洲的南緣，古稱震澤、具區，又名五湖、笠澤，是中國五大淡水湖之一，橫跨江、浙兩省，北鄰無錫，南瀕湖州，西依宜興，東近蘇州。太湖自古以來就是中國著名的風景旅遊勝地。整個湖形如向西突出的彎月，南岸為圓弧形岸線，東北岸曲折多灣，湖岬、湖蕩相間分佈，風景如畫。

（二四）

乳燕飛

辛未首夏，以書航載客遊蘇灣，徙倚危亭，極登覽之趣。所謂浮玉山、碧浪湖者，皆橫陳於前，特吾几席中一物耳。遙望具區，渺如煙雲，洞庭、縹緲諸峯，矗矗獻狀，蓋王右丞、李將軍着色畫也。松風怒號，暝色四起，使人浩然忘歸。慨然懷古，高歌舉白，不知身世為何如也。溪山不老，臨賞無窮，後之視今，當有契余言者。因大書山楹，以紀來遊。

波影搖漣甃[1]，趁熏凡、一舸來時，翠陰清晝。去郭軒楹才數里，蘚磴松關雲岫。快屐齒[2]筇[3]枝先後。空半危亭堪聚遠，看洞庭縹緲[4]爭奇秀。人自老，景如舊。

來帆去棹還知否。問古今、幾度斜陽，幾番回首？晚色一川誰管領，都付雨荷煙柳。知我者、燕朋鷗友。笑拍闌干呼范蠡，甚平吳、卻倩垂綸手？籲萬古，付卮[5]酒。

周密

注釋

❶ 甃（zhòu）：井。也指以磚瓦等砌的井壁。

❷ 快屐齒：南朝宋詩人謝靈運喜歡登山。他特製了一種登山鞋，上山時去掉鞋的前齒，下山時去掉鞋的後齒，以保持身體平衡。

❸ 筇（qióng）：一種竹。實心，節高，宜於做拐杖。

❹ 洞庭縹緲：洞庭山縹緲峯。

❺ 卮（zhī）：古代盛酒的器皿。

背景

周密，見第七三頁《木蘭花慢》（恰芳菲夢醒）。

這是首記遊抒情的作品，為詞人與友人遊湖州烏程的蘇灣時寫成。據周密《癸辛雜識》記載，蘇灣在烏程縣南，蘇軾當年守郡時曾築堤其側，因而得名。當時是周密詞友趙菊坡家園。「去南關三里，而近碧浪湖；浮玉山在其前，景物殊勝。山椒有雄跨亭，盡見太湖諸山。」時值南宋度宗咸淳七年（1271），南宋滅亡在即。詞人面對動盪的社會現實，雖滿腹憂慮和不滿，但又無能為力，於是便與張樞、楊纘等詞友往來於臨安、湖州的青山綠水之間，因而寫下了大量優美的記遊抒情詞。這首詞中，詞人的輕舟在醉人的熏風吹拂中輕輕搖過，登亭眺望，太湖浩浩無垠，洞庭山縹緲峯浮沉於波濤之間，寫景紀遊清雅如畫。他把繪畫的特長融會到詞的創作中，使其詩文之中飽含畫境，別具特色。同時，詞人藉多次發問，含蓄深沉地抒發了江湖雅人的放達胸襟和懷古幽情。

旅遊看點

碧浪湖　在湖州城南 1 公里，屬東苕溪。以在峴山前，又名峴山漾，一名玉湖，與陳英士陵墓相對。碧浪湖湖面較闊，湖中有嶼，稱浮玉山，湖水滿時山頂常露若浮玉，故名。元趙孟頫有詩讚曰：「千帆過盡暮山碧，惟見白雲時往還。」周密《癸辛雜識前集．吳興園圃》載：「倪文節別墅，在峴山之傍，取浮玉山、碧浪湖合而為名。中有藏書樓，極有野趣。」

天目山　古稱浮玉山。素有「大樹華蓋聞九州」之譽的天目山，地處浙皖兩省交界處。主峯仙人頂海拔 1506 米。「天目」之名始於漢，有東西兩峯，頂上各有一池，長年不涸，故名。天目山峯巒疊翠，古木葱蘢，有奇岩怪石之險，有流泉飛瀑之勝，素負「大樹王國」「清涼世界」盛名，為古今覽勝頤神勝地。

天目山也是中國佛教名山之一，是韋馱的道場，有「天目靈山」之稱。鼎盛時期全山有寺院庵堂 50 餘座，僧侶千餘人。建於 1279 年的獅子正宗禪寺和建於 1425 年的禪源寺，均為江南名剎。傳曾與中國禪宗始祖達摩問答的梁武帝的太子昭明太子曾在西天目讀書，在東天目參禪。

（二五）

武陵春

李清照

春晚

風住塵香花已盡[1]，日晚倦梳頭。物是人非事事休，欲語淚先流。

聞說雙溪[2]春尚好，也擬泛輕舟。只恐雙溪舴艋舟，載不動許多愁。

注釋

❶ 塵香：落花觸地，塵土也沾染上落花的香氣。

❷ 雙溪：水名，在浙江金華，是唐宋時風光佳麗的遊覽勝地。有東港、南港兩水匯於金華城南，故曰「雙溪」。《浙江通志》卷十七《山川九》引《名勝志》：「雙溪，在（金華）城南，一曰東港，一曰南港。東港源出東陽縣大盆山，經義烏西行入縣境，又匯慈溪、白溪、玉泉溪、坦溪、赤松溪，經石碕岩下，與南港匯。南港源出縉雲黃碧山，經永康、義烏入縣境，又合松溪、梅溪水，繞屏山西北行，與東港匯於城下，故名。」

背景

李清照（1084～1155？），號易安居士，齊州濟南（今山東濟南章丘）人。宋代女詞人，婉約詞派代表，有「千古第一才女」之稱。李清照的詞作，前期多寫其悠閑生活，後期多悲歎身世，情調感傷。形式上善用白描手法，自闢途徑，語言清麗。

這首詞是宋高宗紹興五年（1135）李清照避難浙江金華時所作。其時金兵進犯，丈夫既已病故，家藏的金石文物也散失殆盡，詞人孑然一身，在連天烽火中漂泊流寓，歷盡世路崎嶇和人生坎坷，物是人非，處境淒慘，內心極其悲痛。春光一掃而空，春去夏來，花開花謝，亙古如斯，但是詞人仍把自己的愁寫出了新意。不但愁物質化了，有了重量，可以用船來載，而且令詞人擔心愁重船小，無法承載，可見痛苦之深重。

金華江　又名婺江，位於浙江省金華市，是錢塘江水系最大的支流，發源於磐安縣山環鄉嶺干村的龍烏尖，向西流至蘭溪馬公灘與衢江匯合。由義烏江、武義江匯合而成。在兩江匯合處有一片三角洲，叫燕尾洲。這裏古時候即為「雙溪」。

仙華山　位於浙江省浦江縣，是國家 4A 級旅遊景區。該山以山水文化、儒家文化及宗教文化為內涵，以山頂峯林、江南第一家為特色，融人文景觀與自然景觀為一體，是以觀光覽勝、休閑度假為主要功能的風景旅遊區。仙華山分為峯林仙華山、江南第一家、富春野馬嶺、幽谷古禪寺四大景區，總面積約 66 平方公里。景區自然環境宜人。

磐安十八渦　現為國家 4A 級旅遊景區，地處金華市磐安縣東北台地區。遠古造山運動強烈地形切割和流水、冰川長期沖刷侵蝕造就了大峽谷奇觀。夾溪為曹娥江源頭，河谷與磐安台地之間相對高差在 200 米以上。夾溪兩岸陡壁對峙，聳立雲天，溪澗狹窄蜿蜒，水流湍急，形成無數的跌瀑、漩渦和深潭，其中尤以十八渦最負盛名。十八渦兩側危崖相逼，數千米長的河牀陡然下跌，水流隨勢跌落入潭，「一波未平，一波又起」，咆哮的激流鑽谷穿崖，形成十八個接連不斷的險渦和深潭。

（二六）

月下笛[1]

張炎

孤[2]遊萬竹山中[3]，閑門[4]落葉，愁思黯然，因動《黍離》[5]之感。時寓甬東[6]積翠山舍。

萬里孤雲，清遊漸遠，故人何處。寒窗夢裏，猶記經行舊時路。連昌[7]約略[8]無多柳，第一是、難聽夜雨。漫驚回淒悄[9]，相看燭影，擁衾誰語。

張緒[10]，歸何暮。半零落依依，斷橋鷗鷺。天涯倦旅，此時心事良苦。只愁重灑西州淚[11]，問杜曲[12]人家[13]在否。恐翠袖[14]、正天寒，猶倚梅花那樹。

注釋

❶ 月下笛：周邦彥創調。

❷ 孤：獨自一人，孤單。

❸ 萬竹山：據《赤城志》載，在浙江天台縣西南四十五里。《山中白雲詞》江昱注引《赤城志》：「萬竹山在天台縣西南四十五里。絕頂曰新羅，九峯迴環，道極險隘。嶺叢薄敷秀，平曠幽窈，自成一村。」

❹ 閑門：指進出往來的人不多，顯得清閑的門庭。

❺《黍離》：離黍，亡國之悲。《詩經‧黍離》篇，寫周朝的志士看到故都宮裏淨是禾黍，悼念國家的顛覆，彷徨不忍去，而作此詩。

❻ 甬東：今浙江定海縣。

❼ 連昌：唐宮名，高宗所置，在河南宜陽縣西，多植柳，元稹有《連昌宮詞》。

❽ 約略：大約。

❾ 淒悄：傷感寂寞。

❿ 張緒：南齊吳郡人，字思曼，官至國子祭酒，少有文才，風姿清雅，武帝置蜀柳於靈和殿前，嘗曰：「此柳風流可愛，似張緒當年。」此處詞人自比。

⓫ 西州淚：指晉羊曇感舊興悲，哭悼舅謝安事。

⓬ 杜曲：唐時杜氏世居於此，故名。這裏指高門大族聚居的地方。

⓭ 人家：指張炎自己的家。據記載，張炎家世顯耀，祖父時家境顯赫。但元兵入臨安後，祖父被殺，家產被沒。

⓮ 翠袖：出自杜甫《佳人》「天寒翠袖薄，日暮倚修竹」，寫一避亂世而幽居深谷的佳人。此處借用其意，以「翠袖佳人」指那些隱居不仕的南宋遺民逸士，即前面所提的「故人」。

背景

張炎，見第一〇四頁《憶舊遊》（問蓬萊何處）。

這首《月下笛》是張炎抒發其遺民心態的一首詞。宋亡後，張炎懷着國亡家破的巨大悲痛到處飄零。元成宗大德二年（1298）流寓甬東（今浙江定海）。一次獨遊天台（tāi）萬竹山，觸景生情，創作這首寄託「黍離之悲」的詞章。這首感懷之作觸景抒懷，悲涼激楚，宣泄君國之哀思，為自己的孤獨而感傷。在抒發亡國之悲時，運用了較為深刻和曲折的筆法。用典貼切、想像豐富、含蓄深厚，風格轉為「清空」。詞作意境深邃，而亡國之恨的痛烈心境盡見楮墨內外。

旅遊看點

天台縣　位於浙江省東中部，台州市北部，東連寧海、三門兩縣，西接磐安縣，南鄰仙居縣與臨海市，北界新昌縣。2014 年被評為國家生態縣。

天台以佛宗道源、山水神秀著稱。國清寺成為佛教天台宗的祖庭。桐柏宮為道教南宗祖庭。赤城山玉京洞為道教第六大洞天。

天台山旅遊風景區　國家 5A 級旅遊景區。位於浙江省天台縣北面，坐落於浙江省東中部的天台山，包括國清景區、石樑景區兩部分。著名景點有瓊台仙谷、石樑飛瀑、赤城山、國清寺、寒山湖、天湖景區等。國清景區分為五條縱軸線，擁有 2 萬多平方米，800 餘間房屋，被列為全國重點文物保護單位。石樑景點，最為著名的有犀牛望月、老僧入定、千年睡獅、萬年龜象、原始木荷林、應真沐浴潭等。

國清寺　坐落在華頂山麓，是我國聞名古剎之一。與齊州靈岩寺（在今山東長清區）、潤州棲霞寺（在今江蘇南京市）、荊州玉泉寺（在今湖北當陽市），並稱天下「四絕」。國清寺始建於隋文帝開皇十八年（598），是依據天台宗創始人智顗親手所畫的樣式所建的。智顗開創天台宗後，想建一寺廟，作為該宗的正式祖庭，但限於資金，遲遲不得動工。他在臨終遺書晉王，說：「不見寺成，瞑目為恨。」晉王楊廣（隋煬帝）見書後，極為感動，便派司馬王弘監造國清寺。初建的國清寺寺址在現在大雄寶殿後面約 100 米處的八桂峯前山坡上。唐會昌中（約 845 年），原寺毀於火，旋即重建。唐大中五年（851），書法家柳公權在寺後石壁上題寫的「大中國清之寺」六個大字摩崖石主刻，至今仍清楚可辨。

（二七）

千秋歲

秦觀

水邊沙外，城郭春寒退。花影亂，鶯聲碎①。飄零疏酒盞②，離別寬衣帶③。人不見，碧雲暮合空相對。

憶昔西池會④，鵷鷺⑤同飛蓋⑥。攜手處，今誰在？日邊⑦清夢⑧斷，鏡裏朱顏改。春去也，飛紅萬點愁如海。

注釋

❶ 碎：形容鶯聲細碎。

❷ 疏酒盞：多時不飲酒。

❸ 寬衣帶：人變瘦。

❹ 西池：故址在丹陽（今南京市），這裏借指北宋京都開封西鄭門西北之金明池。秦觀於元祐間居京時，與諸同僚有金明池之遊會。

❺ 鵷鷺：朝官之行列，如鵷鳥和鷺鳥排列整齊有序。

❻ 飛蓋：車輛疾行，出自曹植《公宴詩》：「清夜遊西園，飛蓋相追隨。」這裏代指車。

❼ 日邊：喻京都帝王左右。

❽ 清夢：美夢。

背景

秦觀（1049～1100），字太虛，又字少游，別號邗（hān）溝居士，世稱淮海先生。北宋高郵（今江蘇）人。北宋文學史上的一位重要作家，被尊為婉約派一代詞宗。蘇軾曾戲呼其為「山抹微雲君」。

紹聖元年（1094），宋哲宗親政後起用新黨，包括蘇軾、秦觀在內的一大批「元祐黨人」紛紛被貶。這首詞就是秦觀被貶之後，於紹聖二年（1095）謫處州（今浙江麗水）時所作。秦觀藉描寫春景春情，抒發貶謫之痛、飄零之愁。上闋先寫眼前景致，花影搖曳，鶯聲嚦嚦，但美景對應的是詞人自己遠謫索居，形體瘦損，不復有以往對酒當歌之情，詞情哀怨。下闋又是一重對比，昔日西池宴集，而今諸友卻已漂泊雲散。無奈春去，前途令人絕望。一唱三歎，蘊藉感人。

旅遊看點

麗水　古稱處州，被譽為「浙江綠谷」。龍泉市鳳陽山黃茅尖海拔 1929 米，慶元縣百山祖海拔 1856.7 米，分別為浙江省第一、第二高峯。甌江流域人工湖泊眾多：仙宮湖周圍有「夏洞天」「八仙洞」「九潭十八灣」等景觀；灘坑水庫（千峽湖）擁有千峽環湖的壯麗景象。境內還有蓮都東西岩風景區、龍泉山景區、青田石門洞、縉雲仙都景區、遂昌南尖岩景區等。黃帝祠宇是中國南方祭祀朝拜軒轅的重要場所，與陝西黃帝陵遙相呼應，形成「北陵南祠」的格局。

縉雲仙都景區　坐落於縉雲縣城東 7 公里處，包括仙都、黃龍、岩門、大洋山四大景區和鼎湖峯、倪翁洞、小赤壁、芙蓉峽、朱潭山、趙侯祠等 300 多個分景點，九曲練溪，十里畫廊，山水飄逸，雲霧繚繞，田園風光，野趣盎然。特別是鼎湖峯被譽為「天下第一筍」。相傳軒轅黃帝曾置爐於峯頂煉丹，丹成黃帝跨赤龍升天時，丹鼎墜落而積水成湖，故名鼎湖。鼎湖至今無路可攀登，僅有藥農架繩索飛度峯頂採藥。

（二八）

如夢令

李仲虺

石門岩[1]

門外數峯圍繞，帖[2]石路兒彎小，花老不禁風，

委地亂紅多少？人悄[3]，人悄，隔葉數聲啼鳥。

注釋

❶ 石門岩：石門岩歷史悠久。原係新石器時代先民穴居洞遺址。至唐順宗永貞年間（805），法號禪苑的高僧王枚玉自江西涉水攀山一路化緣至石鷹山上，見羣山連綿，峯峻林茂，石奇岩峭，水秀泉清，便在山下石鷹岩建三間土牆茅蓋的草庵（遺址尚存），供奉由他隨身帶來的如來佛像。唐憲宗元和四年（809），遷居山下的水簾洞，翌年在洞前林間（今洞埔）建第一座寺廟 —— 石門岩寺。寺內仍供奉如來佛像，並於寺門題寫一副對聯：「石出水落幽明地，門岩山深寶佛藏。」從此，山間便有香煙繚繞不絕。據《石門岩志》，宋代理學家朱熹在鵝髻山講學期間，曾到山中遊覽，清代大數學家莊亨陽曾在寺後「聽泉」邊結廬求學，清代學士吳鐸也多次到石門岩朝聖、遊覽，並留下多篇詩賦。

❷ 帖：同「貼」。

❸ 悄（qiǎo）：寂靜無聲。

背景

李仲虺（huī），汀州連城（在今福建省）邑士。生平事跡不詳。

這首詞文字淺顯易懂，讀來朗朗上口，卻頗有幾分禪意。在羣山環抱的幽深之地，一陣春風拂過，落紅滿地。但詞人對此也談不上有多麼沉重的傷懷，因為大自然的節律就是如此，有開就有落，一陣亂紅飛過之後，一切依然復歸於沉靜，只聞幾聲鳥鳴婉轉。詞人對花之飄落並不是無感，他也有些微的惆悵和觸動，但又彷彿與自然融為一體，從而物我兩忘，最終也就處於沖和與淡然之中。

冠豸山景區　位於福建省龍岩市連城縣境內。以其主峯酷似古代御史頭戴的獬豸（xiè zhì）冠而得名。丹霞地貌的冠豸山集「山、水、岩、泉、寺」為一體，具「雄、奇、幽、秀、絕」諸特點於一身，有宋、元修建的古書院及摩崖石刻幾十處，現存林則徐、紀曉嵐、趙樸初、羅丹、喬羽等古今名人翰墨手跡百餘處。

冠豸山自然景觀豐富而集中，有滴珠岩、五老峯、靈芝峯、一線天、鱷魚石、長壽巒、鯉魚背、老虎崖、攬月峯、生命之根、桃榔幽谷等，勢雄境幽，各領風騷。冠豸山上的「生命之根」與石門湖裏的「生命之門」形神兼備，被譽為「陽剛天下第一，陰柔舉世無雙」，堪稱「丹霞陰陽雙絕」。「村姑無黛貌傾國，冠豸有價值連城。」此為冠豸山風景區的真實寫照。

石門岩　位於南靖縣船場鎮梧宅後山東麓，自古有山秀林蔚，風清泉甜，石奇洞幽，景美神靈之譽。現已形成了外景四名勝、地下三大洞、景中十八觀。

鷹嘴崖在石門岩西邊的高山上，有一巨石狀如雄鷹，石下有個可容數十人的穴洞，稱鷹喉洞。石於海拔 960 米山頂，上有平台 300 多平方米，晴朗日登上山頂，放眼遠眺，如畫的山光盡收眼底，令人心曠神怡。

水簾洞古稱清水岩洞，主洞由巨石拱成。有泉水流瀉於洞門，水珠飛濺，閃光耀眼，有如一道銀簾。從主洞入口，洞內高 3 米餘、寬 7 米多，可容五六十人，內有石牀石椅，讓人可坐可卧。曾從洞內挖出古代尖石器。進入二洞，洞內有泉水淙淙，停放禪苑骨骸罐的石盤尚在，可惜近代山上林木遭到濫伐，水源已枯，成了無簾空洞。

八仙山在石門岩東面，與石鷹山對峙，海拔 949 米。山上有塊近百畝盆地，傳說八仙在那裏下過棋，又名八仙圍棋。山間有石旗、石鼓，上刻有「帥」字的石棋子和「天官賜福」四字，石上有仙腳跡，四周有獅頭山、虎頭山、天台山、紗帽山、凰形山、觀音坐蓮、金龜背印、銀象朝月等仙山八景。曾有古人留詩云：「八仙雲遊到此間，即興對弈在高山，仙人不知何處去，留得仙跡在人間。」

仙人橋，在往石門岩途中的白沙坑，自古有名無橋。傳說曾有六位仙人路過此地，見溪源流急，阻礙山裏人出入，想為百姓造橋。但只造了兩個橋墩，便留下仙鼎、仙灶、仙牀、仙椅、仙腳跡。橋下遍佈奇石，成為石門岩外一奇妙景觀。

（二九）

一剪梅

劉克莊

余赴廣東，實之[1]夜餞於風亭。

束緼[2]宵行十里強，挑得詩囊，拋了衣裳。天寒路滑馬蹄僵，元是王郎，來送劉郎。

酒酣耳熱說文章，驚到鄰牆，推倒胡牀。旁觀拍手笑疏狂，疏又何妨，狂又何妨！

注釋

❶ 實之：即詞人好友王邁，字實之。
❷ 束緼：用亂麻束成火把。

背景

劉克莊（1187～1269），初名灼，字潛夫，號後村居士，莆田（今福建莆田一帶）人，南宋著名的江湖詩人，宋末文壇領袖，辛派詞人的重要作家。多感時事之作，渴望收復中原，振興國力，反對妥協苟安。詞深受辛棄疾影響，多豪放之作，散文化、議論化傾向也較突出。

此詞為詞人被貶廣東，將赴貶所，朋友餞行時所作。作於福建莆田。這是一首別具一格的告別詞，它描寫了兩位飽受壓抑而又不甘屈服的狂士的離別。詞作憂憤深沉、豪情激越，表現了辛派詞人的特色。作為愛國詞人，劉克莊政治上屢受打擊，飽受壓抑，而此時又被貶廣東，內心的抑鬱可以想見；在詞中詞人自稱「劉郎」，以銳意改革而屢受打擊的劉禹錫自比，那指點江山、語驚四座、全無顧忌的疏狂言行正是其懷才不遇、報國無門的積鬱的宣泄。通過描寫人物「酒酣耳熱」的神情，談論文章、「推倒胡牀」的動作以及「疏又何妨，狂又何妨」的語言，還有鄰座吃驚、旁觀者拍手而笑的側面襯托，將兩個狂放不羈、縱情任性的狂士形象刻畫得鮮明生動。可見詞人憤慨悵然之情，及其清品傲骨。

莆田　位於福建沿海地區，全市擁有風景名勝和文物古跡 250 多處，有著名的莆田二十四景，景色美不勝收。另外，莆田還是世界媽祖中心，留存了以媽祖、莆仙戲、南少林、玄妙觀三清殿為代表的文化遺產，是福建省歷史文化名城之一。

莆田南少林　在福建省莆田市荔城區西天尾鎮北部。莆田南少林寺原名林泉院，至遲在唐代或唐末即已存在。林泉院的習武之風，緣起於唐初，和莆田武風有關。

湄洲媽祖廟　位於湄洲島，隸屬福建省莆田市。距莆田市區東南方 40 多公里處，是全世界媽祖信眾心中的聖地。湄洲媽祖廟建於宋初，開始僅「落落數椽」，名叫「神女祠」，經過多次修建、擴建才形成規模。經過千百年的分靈傳播，隨着信眾走出國門，媽祖也從湄洲逐漸走向世界，成為一尊跨越國界的國際性神祇。

（三〇）

青玉案

與朱景參會北嶺[1][2]

西風挾雨聲翻浪。恰洗盡、黃茅瘴[3]。老慣人間齊得喪[4]。千岩高卧，五湖歸棹，替卻凌煙像[5]。故人[6]小駐平戎帳[7]。白羽[8]腰間氣何壯。我老漁樵君將相。小槽[9]紅酒，晚香丹荔[10]，記取蠻江[11]上。

注釋

❶ 朱景參：名孝聞，時為福州寧德縣縣尉。

❷ 北嶺：山名，在福州和寧德之間。

❸ 黃茅瘴：《番禺雜編》謂八、九月為黃茅瘴。

❹ 老慣人間齊得喪：年齡老了，把人間的得失，看得一樣，無所動心。

❺ 替卻凌煙像：陸游寫自己願意退隱，不追求畫像於凌煙閣。唐太宗貞觀十七年（643），詔畫功臣二十四人於凌煙閣。

❻ 故人：指朱景參。

❼ 平戎帳：軍帳。

❽ 白羽：箭名。唐太宗為秦王時，以大白羽射中單雄信槍刃。

❾ 小槽：壓酒的器具。

❿ 晚香丹荔：指晚紅，荔枝的品種之一，熟時最遲。

⓫ 蠻江：指閩江。

背景

陸游，見第二七頁《蓦山溪》（窮山孤壘）。

宋紹興二十八年（1158），陸游任寧德縣（在今福建）主簿，與縣尉朱景參情好甚篤。詞人與朱景參遊覽北嶺的時候，寫下了這首詞。這首詞用對比方法寫出了詞人和朱景參不同的處境和心情。上闋主要是詞人心情的流露，表明自己願意退隱、不再追求功名，頗有蕭散蒼涼之感。下闋寫朱景參駐紮在軍營中，腰間佩箭的壯闊氣勢，與自己的歸隱生活相比，字裏行間蘊含着複雜的情感。

旅遊看點

北嶺 位於福建福州北郊，舊稱大、小北嶺，亦稱北峯。北嶺山巒平地拔起，連綿不斷，蜿蜒環繞，為市區的天然屏障。北嶺的蓮花峯、板橋、降虎寨、梧桐山等處，或兩峯夾峙，或傍山臨谷，地勢異常險峻。從新店秀山上北嶺經宦溪到貴安，這條古道為著名的用兵要道。

太姥山 位於閩浙邊界的福鼎市境內，它雄峙於東海之濱，山海相依、傲岸秀拔，素有「山海大觀」「海上仙都」之美譽。景區遊覽面積 24.6 平方公里。這裏峯巒險峻、怪石嵯峨、岩洞幽致、雲霧繚繞，以峯險、石奇、洞幽、霧幻四絕聞名遐邇。

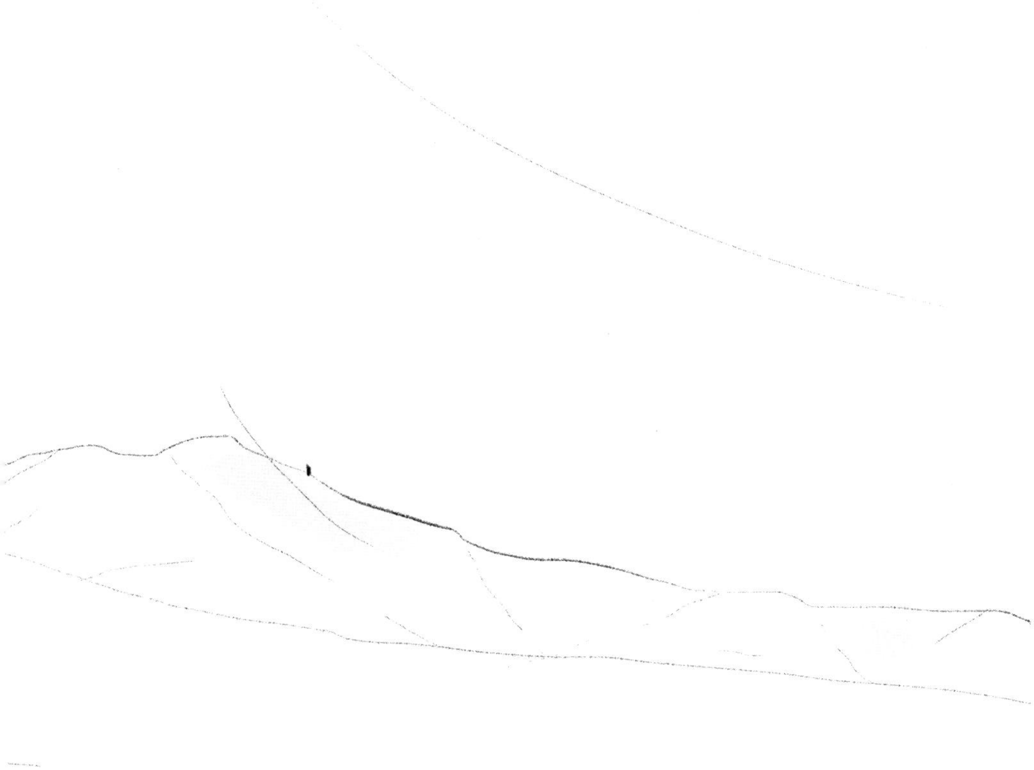

第八章

飛雪萬里龍庭

靖康之變，是一個時代的分水嶺，意味着一個國家的命運轉折，也是一個民族的屈辱。徽、欽二帝被虜北方，並最終淒涼酸楚地客死風雪北地。面對偏安一隅的朝廷，面對失去的半壁江山，吳激的《春從天上來》、汪元量的《水龍吟》嗚咽低迴，以個人的慘痛體驗或經歷，抒發了深沉的家國之痛；黃機《六州歌頭》則激昂慷慨、雄渾悲壯，表達蕩平敵寇、再築受降城的壯志和豪情。這些都是與百姓妻離子散的慘痛遭遇、國家江河慘變的命運相呼應的最深沉的感喟。

（一）

六州歌頭

黃機

次岳總幹韻[1]

將軍何日，去築受降城[2]。三萬騎，貔貅虎[3]，戮鯢鯨[4]。洗滄溟。試上金山望，中原路，平於掌，百年事，心未語，淚先傾。若若纍纍印綬，偏安久、大義誰明。倚危欄欲遍，江水亦吞聲。目斷蘋汀。海門青。

停杯與問，焉用此，手雖子，積如京。波神怒，風浩浩，勃然興。捲龍腥。似把渠[5]忠憤，伸懇請，翠華巡。呼壯士，挽河漢，蕩欃槍[6]。長算直須先定，如細故、休苦營營。正清愁滿抱，鷗鷺卻多情。飛過郵亭[7]。

注釋

❶ 次岳總幹韻：按照原作的韻和用韻的次序來和詩填詞。岳總幹：岳飛之孫、岳霖之子。

❷ 受降城：受降城又稱三降城，唐時亦稱河外三城，位於今內蒙古自治區。漢朝時為外長城進攻系統的一部分，初以接受匈奴貴族投降而建，位於秦漢長城以北，大致在朔方郡高闕關（今內蒙古烏拉特中旗石蘭計的狼山山口）西北的漠北草原地帶。唐受降城位於河套北岸。唐中宗時，後突厥勢力強盛，屢次興兵渡河南下，構成重大威脅。景龍二年（708），朔方道大總管張仁願乘突厥首領默啜西征之機，在黃河北岸的陰山以南地帶建築了東、中、西三座受降城，割斷突厥南下的通道。這三座重要軍事據點，各距約四百里，各據交通要道，首尾可互相照應，成為黃河外側駐防城羣體，因此有着戰略上重要作用。

❸ 貔貅（pí xiū）虎：代表英勇的將士。貔貅：別稱辟邪、天祿，是中國古書記載和民間神話傳說中一種兇猛的瑞獸。

❹ 鯢鯨：指敵軍。

❺ 渠：深廣的樣子。

❻ 欃（chān）槍：彗星。這裏代指敵人。

❼ 郵亭：古時傳遞文書的人沿途休息的處所；驛館。

背景

黃機，字幾仲（一作幾叔），號竹齋。婺州東陽（今屬浙江）人。曾仕州郡，著有《竹齋詩餘》等。

詞人以一個疑問發起全篇，起筆就充滿了強烈的情感；面對偏安一隅的朝廷，面對失去的半壁江山，寫出了內心報效祖國時不我待的感喟，充滿為國統一河山的壯志豪情。感情奔瀉而出，氣勢非凡。全詞論事透徹，感情飽滿，激昂慷慨，風格沉鬱悲壯。雄放中迴旋着低低的沉咽之音，結語迴盪着悲涼的氣息。

呼倫貝爾大草原 位於呼倫貝爾市大興安嶺以西，由呼倫湖、貝爾湖而得名。水草豐美，生長着鹼草、針茅、苜蓿、冰草等 120 多種營養豐富的牧草，是中國目前保存最完好的草原，總面積 1.49 億畝，有「牧草王國」之稱。6～9 月是呼倫貝爾大草原的最佳旅遊季，尤其七、八月間大草原牧草茂盛，適合在大草原腹地騎馬、垂釣，或在西部的呼倫湖上泛舟。

騰格里沙漠 位於內蒙古自治區阿拉善左旗西南部和甘肅省中部，為中國第四大沙漠。蒙古語為天，意為茫茫流沙如渺無邊際的天空。沙漠內部，沙丘、湖盆、鹽沼、草灘、山地及平原交錯分佈。騰格里沙漠中還分佈着數百個存留數千萬年的原生態湖泊，包括月亮湖和天鵝湖（居延海）。

海拉爾國家森林公園 早在清代就被列為呼倫貝爾八景之一，因沙埠古松而著名。是我國惟一以樟子松為主體的國家級森林公園。

（二）

水龍吟

淮河舟中夜聞宮人琴聲

鼓鞞[1]驚破霓裳，海棠亭[2]北多風雨。歌闌酒罷，玉啼金泣[3][4]，此行良苦。駝背模糊，馬頭匼匝[5]，朝朝暮暮。自都門宴別，龍艘錦纜，空載得、春歸去。

目斷東南半壁，悵長淮、已非吾土。受降城[6]下，草如霜白，淒涼酸楚。粉陣紅圍，夜深人靜，誰賓誰主？對漁燈一點，羈愁一搦[7]，譜琴中語。

汪元量

注釋

❶ 鞞（pí）：同「鼙」，小鼓，先擊之以應大鼓，亦名「應鼓」。白居易《長恨歌》：「漁陽鼙鼓動地來，驚破霓裳羽衣曲。」

❷ 海棠亭：指沉香亭，是唐皇宮的一個組成部分，位於唐長安城興慶宮內龍池東北方。惠洪《冷齋夜話》引《太真外傳》：「上皇登沉香亭詔太真妃子，妃子時卯醉未醒，命力士從侍兒扶掖而至。妃子醉顏殘妝，鬢亂釵橫，不能再拜。上皇笑曰：『豈是妃子醉，真海棠睡未足耳。』」李白《清平調》：「沉香亭北倚闌干。」

❸ 玉啼：《白氏六帖》卷十九：「魏甄后面白，淚雙垂如玉箸。」李白《代贈遠》：「啼流玉箸盡，坐恨金閨切。」韓愈、孟郊《城南聯句》：「寶唾拾未盡，玉啼墮猶槍。」

❹ 金泣：李賀《金銅仙人辭漢歌序》：「仙人臨載，乃潸然泣下。」金人滴淚，故曰「金泣」。「玉啼」與「金泣」，都是指宋嬪御宮人等的哭泣。

❺ 匼匝（ǎn zā）：環繞的樣子。這裏寫蒙古軍容之盛。

❻ 受降城：在這首詞裏只是借用「受降」字面，非北方之受降城。不過淮上在南宋已是邊塞，意義有相通之處。

❼ 一搦（nuò）：一把。

背景

汪元量（1241～約 1317 後），字大有，號水雲、水雲子。錢塘（今浙江杭州）人。宋恭帝德祐二年（1276）元兵陷臨安，隨三宮北往大都，留北十三載。至元二十五年（1288）得賜黃冠南歸。次年春回杭。後多往來於匡廬、彭蠡間。汪元量工詩，善詞，知樂能琴，有「宋末詩史」之稱。

德祐二年正月，元軍南下，丞相伯顏率領大軍攻到南宋都城臨安東北的皋亭山。南宋朝野震盪，太后謝氏傳國璽請求降元。不久，元大軍兵入臨安，三宮都做了俘虜。帝后、妃嬪及宮官 3000 多人被押北上燕京，汪元量其時為樂師，也裹挾其中。在途經淮河時，舟中宮女奏起琴，琴聲哀淒，勾起了汪元量亡國之悲，感懷而作此詞，表達了國運已盡、挽回無術的痛苦，漁燈下宮人的琴聲使整首詞浸潤着淒涼的色彩。

旅遊看點

成吉思汗陵　簡稱成陵。是蒙古帝國第一代大汗成吉思汗的衣冠塚，位於內蒙古自治區鄂爾多斯市伊金霍洛旗草原上，距鄂爾多斯市區 40 公里。由於蒙古族盛行「密葬」，所以真正的成吉思汗陵究竟在何處始終是個謎。現今的成吉思汗陵經過多次遷移，直到 1954 年才由青海的塔爾寺遷回故地伊金霍洛旗。陵園佔地約 5.5 公頃，對研究蒙古民族乃至中國北方遊牧民族歷史文化，具有極其重要的價值，為全國重點文物保護單位。

元上都城遺址　位於正藍旗五一牧場境內，初建於元憲宗六年（1256），名開平府，後改為上都。城市佈局具有中原傳統風格，有宮城、皇城和外城三重，規劃整齊對稱，形成一條中軸線。宮城用磚包鑲，四角有樓，內有大明殿、鴻禧殿、奎章閣、大安閣等殿閣亭榭。皇城環衞宮城四周，用石塊包鑲，道路整齊，井然有序，為官署府邸所在地區。外城全用土築，在皇城西北面，為苑囿、寺觀、作坊所在地區。城外東、南、西三處關廂地帶，為市肆、民居及倉廩所在。城址文物對研究元代歷史有重要價值。

（三）

臨江仙

朱敦儒

直自[1]鳳凰城[2]破後，擘釵[3]破鏡[4]分飛。天涯海角信音稀。夢回遼海[5]北，魂斷玉關[6]西。

月解重圓星解聚，如何不見人歸？今春還聽杜鵑[7]啼。年年看塞雁，一十四番[8]回。

注釋

❶ 直自：自從。

❷ 鳳凰城：本指長安。因漢長安城中有鳳凰闕，故漢唐時長安又稱鳳凰城；或曰，相傳秦穆公之女弄玉曾吹簫引鳳降於京城，故後稱京城為鳳凰城。此處指北宋都城汴京。

❸ 擘釵：釵為古代婦女頭飾，常充當定情信物，又或在分離時各執一半，以為將來復合之憑證，謂之擘釵。

❹ 破鏡：據孟棨《本事詩》載，南朝陳將亡時，駙馬徐德言與樂昌公主破一銅鏡各執一半，為重聚之憑，後果據此團圓。擘釵、破鏡後常代指夫妻在戰亂中分離。

❺ 遼海：泛指遼東沿海一帶地方。

❻ 玉關：玉門關，在甘肅敦煌西北，借指西北邊關一帶地方。

❼ 杜鵑：據《成都志》載，蜀中有望帝，名杜宇，身死之後魂化為鳥，是為杜鵑，啼聲哀怨。

❽ 一十四番：一十四年。

背景

朱敦儒（1081～1159），字希真，河南洛陽人。

這首詞大約是在靖康之難 14 年後，朱敦儒避亂南方時寫的。詞人將自己的悲慘經歷，作為普通人妻離子散的痛苦，與時代的悲劇融為一體，表達了團聚無望的無奈，蘊含着對國家命運的悲歎。月有重圓，星有聚合，雁有北歸，這些現象使他的情感在對比中更得到了深化。

遼寧是我國東北惟一的沿海省份，也是我國近代開埠最早的省份之一、中華民族和中華文明的發源地之一。風景名勝包括大連的星海廣場、老虎灘海洋公園和金石灘度假區、盤錦的紅海灘和最美濕地、錦州筆架山、丹東鴨綠江等。還有九一八紀念館、朝陽恐龍博物館、張氏帥府、沈陽故宮等人文景觀。

金石灘國家旅遊度假區　位於大連市區東北部，地處黃海之濱，距大連老市區 58 公里，是「浪漫之都」大連的後花園。度假區由東部半島、西部半島和兩個半島之間的開闊腹地和海水浴場組成，三面環海，氣候宜人。綿延 30 多公里的海岸線，凝聚了 3 億～9 億年間的地質奇觀。其中誕生於 6 億年前的震旦紀岩石形成了壯麗的奇石景觀，被稱為「凝固的動物世界」，有「神力雕塑公園」之美譽。

沈陽故宮博物院　也叫清沈陽故宮，是中國目前僅存最完整的兩大古代宮殿建築羣之一，故宮裏不僅有精美的前朝建築，在各個陳列室還藏有大量明清時期的珍貴文物。沈陽故宮分為三部分：東為努爾哈赤時期建造的大政殿與十王亭；中為清太宗時期續建的大中闕，包括大清門、崇政殿、鳳凰樓等；西則是乾隆時期增建的文溯閣等。整座皇宮氣勢巍峨，富麗堂皇，處處彰顯着皇族的宏偉氣派。

盤錦紅海灘風景區　整體坐落於盤錦 120 萬餘畝的葦海濕地內。這裏是丹頂鶴繁殖的最南限，也是世界珍稀鳥類黑嘴鷗的主要繁殖地。無垠的葦海裏棲息着 260 餘種數十萬隻鳥類。以其特有的大自然孕育了一道奇觀 —— 紅海灘。織就紅海灘的是一棵棵纖柔的鹼蓬草，它每年 4 月長出地面，初為嫩紅，漸次轉深，由紅變紫，釀造出一片片火紅的生命色澤。

（四）

念奴嬌

張元幹

題徐明叔[1]海月吟笛圖

秋風萬里，湛銀潢[2]清影，冰輪寒色。八月靈槎[3]乘興去，織女機邊為客[4]。山擁雞林[5]，江澄鴨綠[6]，四顧滄溟窄。醉來橫吹，數聲悲憤誰測。

飄盪貝闕[7]珠宮，羣龍驚睡起，馮夷[8]波激。雲氣蒼茫吟嘯處，鼉[9]吼鯨奔天黑。回首當時，蓬萊方丈，好個歸消息。而今圖畫，漫教千古傳得。

注釋

❶ 徐明叔：徐競，字明叔，南宋畫家，和州（今安徽省和縣）人。18 歲入太學，後從父徐宏中任輔將仕郎，步入仕途。宣和六年（1124），徐競以國信使提轄人船禮物官出使高麗國（今朝鮮半島），撰《高麗圖經》四十卷，詳細記載了高麗的國體、風俗、物產等，深受宋徽宗賞識，為今人了解當年的高麗國提供了寶貴的歷史資料。徐競還工畫精書法，他的山水人物畫作，被時人譽為神品。

❷ 潢：水流深廣寬闊。

❸ 八月靈槎：晉張華《博物志》記載：「舊說云：天河與海通。近世有人居海渚者，年年八月有浮槎，去來不失期。人有奇志，立飛閣於槎上，多齎糧乘槎而去。」

❹ 織女機邊為客：據晉張華《博物志》：乘槎者「至一處，有城郭狀，屋舍甚嚴，遙望宮中多織婦，見一丈夫牽牛渚次飲之」。

❺ 雞林：初指古國名，即新羅。唐龍朔三年（663）置新羅為雞林州。後漸泛指新羅附近的國家或地區，後又借音為吉林。

❻ 鴨綠：鴨綠江。《通典》云：「水色如鴨頭，故名。」

❼ 闕：皇宮門前兩邊供瞭望的樓。也指皇帝居處。

❽ 馮夷：古代神話中之水神。《淮南子》卷十一《齊俗訓》：「馮夷得道，以潛大川。」

❾ 鼉（tuó）：是鱷形目鱷科鼉亞科鼉屬的一種。又名中華鱷、揚子鱷。俗名土龍、豬婆龍。

背景

張元幹（1091～1161），字仲宗，號蘆川居士、真隱山人，晚年自稱蘆川老隱。蘆川永福（今福建永泰嵩口鎮月洲村）人。

此為題畫詞，氣勢恢宏地描繪了畫家筆下吉林蒼茫寥廓的山水美景，傳遞了當地獨特的氣候、風貌。詞中典故的運用，使山水的神奇色彩愈加突出。配合畫中笛曲給人帶來的想像，又平添了一份深沉的情感。

旅遊看點

長白山　位於中、朝兩國的邊界，氣勢恢宏，資源豐富，景色非常美麗。在遠古時期，長白山原是一座火山。據史籍記載，自 16 世紀以來它爆發了 3 次，當火山爆發噴射出大量熔岩之後，火山口處形成盆狀，時間一長，在雨水、雪水和地下泉水的作用下，積水成湖，便成了現在的天池。而火山噴發出來的熔岩物質則堆積在火山口周圍，成了屹立在四周的 16 座山峯，其中 7 座在朝鮮境內，9 座在我國境內。這 9 座山峯各具特點，形成奇異的景觀。

長白山自然保護區建於 1960 年，它以長白山天池為中心，總面積 196465 公頃，是我國建立最早、地位最重要的自然保護區之一。長白山是一座巨型複式火山，由於其獨特的地理位置和地質構造，形成了神奇壯觀的火山地貌，典型完整的動植物資源，富有北國情趣的冰雪風光。這裏生存着 1800 多種高等植物，棲息着 50 多種獸類，280 多種鳥類，50 種魚類以及 1000 多種昆蟲。長白山的密林深處盛產人參、北五味子等藥材，野生動物有瀕臨絕滅的東北虎及馬鹿、紫貂、水獺、黑熊等。鳥類中鴛鴦、黑鸛、綠頭鴨等候鳥佔70%。長白山也是松花江、圖們江、鴨綠江三江的發源地。

長白山天池 是長白山火山噴發自然形成的火山口湖，呈橢圓形。湖面面積 10 平方公里，是一個巨大的天然水庫。在周圍 16 座山峯的環抱中，沉靜清澈，猶如一塊碧玉，給人以神祕莫測之感。

乘槎河 又名天河。天池北側龍門峯與天豁峯之間的缺口 —— 闥門，為天池出水口，天池水由闥門溢出流經牛郎渡，形成近南北走向的河谷 —— 乘槎河。它全長 1250 米，是連接天池與長白瀑布的「白色紐帶」。

乘槎河還有一段不尋常的傳說。相傳古時候，在天池龍宮裏住着五條蛟龍，是天池龍王的五個太子。牠們個個鱗光閃閃，條條都能呼風喚雨。一年春天，這五個兄弟偷偷躍出湖面，在牠們飛過的地方，留下五道深深的坡口。春光雖好，卻不能久留，老大領着四兄弟返回龍宮。惟有三太子迷戀人間，決心不返回龍宮。於是牠在半途偷偷離開四弟兄狂奔而去，只聽轟隆一聲，兩峯豁開，一道閃光向西北方向飛去，踏出一道深深的峽谷，池水隨流，波光閃閃，這就是今日之乘槎河。據載，早年小白山獵戶徐某，曾看見河邊有一獨木舟，橫於東岸。光緒三十四年（1908）安圖知縣劉建封調查安圖全境，尋松花江源時，也見到河上斜置一木，卻不似舟形。此處樹木不生，人跡罕到，一木自何而來？這兩位目睹者感歎之餘更覺神奇。

（五）

春從天上來

會寧府[1]遇老姬，善鼓瑟。自言梨園舊籍[2]，因感而賦此。

海角飄零。歎漢苑秦宮[3]，墜露飛螢。夢裏天上，金屋[4]銀屏[5]。歌吹競舉青冥[6]。問當時遺譜，有絕藝、鼓瑟湘靈[7]。促哀彈，似林鶯嚦嚦[8]，山溜[9]泠泠[10]。

梨園太平樂府，醉幾度春風，鬢變星星。舞破中原，塵飛滄海，飛雪萬里龍庭[11]。寫胡笳幽怨，人憔悴、不似丹青。酒微醒。對一窗涼月，燈火青熒[12]。

注釋

❶ 會寧府：故址在今黑龍江阿城區南三里，俗名白城。自 1115 年至 1152 年，這裏為金早期都城。

❷ 梨園舊籍：指宋徽宗、欽宗時的宮廷藝人。

❸ 漢苑秦宮：漢上林苑，秦阿房、咸陽諸宮。此借指北宋汴梁故宮。

❹ 金屋：華貴的宮室。《漢武故事》:「武帝為太子時，長公主欲以女配帝，問曰:『阿嬌好否？』帝曰:『若得阿嬌，當以金屋貯之。』」

❺ 銀屏：銀飾的屏風。

❻ 青冥：指天空。

❼ 湘靈：傳說的湘水之神，即舜帝的妃子娥皇和女英。《楚辭・遠遊》:「使湘靈鼓瑟兮，令海若舞馮夷。」唐代錢起有應制詩《湘靈鼓瑟》，後遂制為瑟曲。

❽ 嚦嚦：形容黃鶯的鳴聲清脆流利。

❾ 山溜：流泉。

❿ 泠泠：形容聲音清越。

⓫ 龍庭：本指匈奴單于大會諸部時祭天之所，因而也稱其王庭為龍庭。後泛指塞外。此指會寧府。

⓬ 青熒：燈光微弱閃爍的樣子。

背景

吳激（？～1142），字彥高，號東山，建州（今福建建甌）人。為吳栻之子，米芾之婿。北宋宣和四年（1122）至欽宗靖康二年（1127）間，使金被留，仕至翰林待制。金皇統二年（1142）出知深州（今河北深州），到官三日卒。《金史》卷一二五有傳。工詩文，書法俊逸，繪畫得米芾筆意。尤精樂府，與蔡松年齊名，時號「吳蔡體」。有《東山集》，已佚。趙萬里《校輯宋金元人詞》輯為《東山樂府》一卷。

據詞前小序，詞人在金朝都城會寧府，遇到一位年老鼓瑟的女子，自言是北宋宮廷戲班子中的藝人，被虜而至此。「同是天涯淪落人」，詞人在回顧了舊時徽、欽二帝北虜難歸的國難，又展現故國舊時歌舞昇平，抒發了深沉的家國之痛。

旅遊看點

金上京博物館 是全國惟一一座專門收藏金代文物的博物館。每一件文物都濃縮了一段歷史，背後都有着一段神奇的故事。1965年出土的國家一級文物銅坐龍，鑄工精細，造型生動，龍頭、犬身、麒麟背、獅子尾，是皇帝輦車扶手上的飾物，有着皇帝能夠穩坐江山的寓意。館中的300多面銅鏡，其數量之多、鑄工之精湛、文化底蘊之豐富，均為罕見，雙鯉魚大銅鏡是全國目前出土的銅鏡之王。

金上京會寧府遺址　坐落在阿城以南 2 公里處，逶迤 11 公里，高達數米的古城垣，給人大氣磅礴之感。這座都城分南北兩城，南城為皇城，北城為商貿區，集當時遼與北宋兩國財力建立起來，是中原與金兩種文化相融合的產物。當時人口眾多，商貿繁榮，文化交流活躍，雄踞北方各城市之首。近 500 年的歷史，令其地上地下保留了豐富的遺存，現已被列為全國重點文物保護單位。

金太祖完顏阿骨打陵址公園　位於阿城區城南 2 公里處，是大金開國皇帝金太祖完顏阿骨打的陵寢，也是東北地區保存最好的帝王陵寢之一。該陵佔地 5.1 公頃，分為先導空間、神道、寶頂、寧神殿及地宮五個部分。陵園恢宏大氣，神祕壯觀，展示出金源文化的神奇。

第九章

雪浪橫江千頃白，倚天無數開青壁

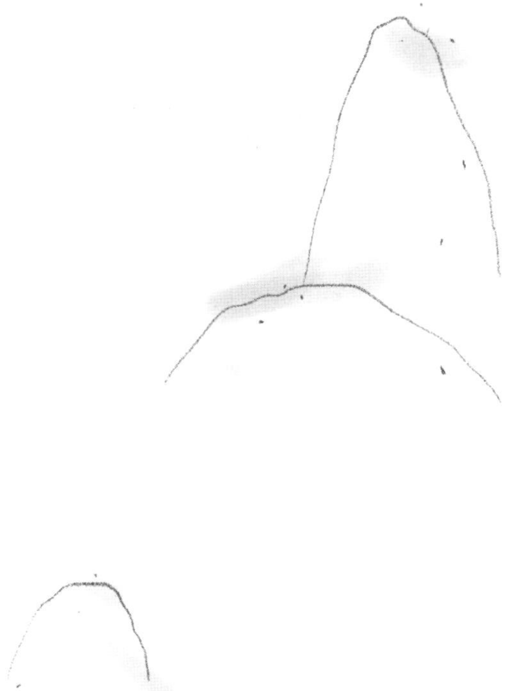

江西的山水，烙有南宋最偉大的詞人——辛棄疾深刻的生命痕跡。自南渡之後40年左右的生涯中，辛棄疾大約有一半的時間在江西閑居度過。他的山水詞，不僅僅是在描繪景物、記敍遊蹤，無論是《沁園春》(疊嶂西馳)，還是《水調歌頭》(帶湖吾甚愛)，羣峯競秀，磊落雅健，傳神寫意，抒發壯懷激烈的報國之志與懷才不遇的鬱憤之情，傾注了濃烈的使命感。高遠的山水形象，含融着詞人主體的人格美。《鷓鴣天》(春入平原薺菜花)等則寫出了鄉村生活的趣味，散發着對生活的熱愛之情。

（一）

滿江紅

吳潛

豫章[1]滕王閣[2]

萬里西風，吹我上、滕王高閣。正檻外、楚山雲漲，楚江濤作。何處征帆木末去，有時野鳥沙邊落。近簾鈎、暮雨掩空來，今猶昨。

秋漸緊，添離索。天正遠，傷漂泊。歎十年心事，休休莫莫。歲月無多人易老，乾坤雖大愁難着[3]。向黃昏、斷送客魂消，城頭角。

注釋

❶ 豫章：南昌舊名。

❷ 滕王閣：唐初建於南昌城西，飛閣疊台，下瞰贛江。再加上有王勃《滕王閣序》的美傳，益發使其熠熠生輝。

❸ 着：安放、放置。

背景

吳潛（1195～1262），字毅夫，號履齋，溧水（今屬江蘇）人，居德清（今屬浙江）。與姜夔、吳文英等交往，但詞風卻更近於辛棄疾。其詞多抒發濟時憂國的抱負與報國無門的悲憤。格調沉鬱，感慨特深。

淳祐七年（1247）春夏，吳潛居朝任同簽書樞密院事兼權參知政事等要職，七月遭受台臣攻擊被罷免，改任福建安撫使。時其兄吳淵供職於南昌。此詞應為吳潛前往福州道經南昌時所作。這是一首抒發人生悲感的詞作。上闋寫在滕王閣覽景。景物處處映照着《滕王閣序》，融通了今古，包含着前途渺茫之感，蘊含着物是人非的深沉感慨，並且引出下闋的抒懷。國家處於危亡關頭，大好河山岌岌可危，而自己已入老境，無力回天。表達了詞人對時光易逝、年華老去的悲慨和壯志難酬的愁緒，壓抑悲憤之情沉鬱動人。

滕王閣 位於江西省南昌市西北部沿江路贛江東岸，始建於唐永徽四年（653），因唐太宗李世民之弟——滕王李元嬰始建而得名，又因初唐詩人王勃詩句「落霞與孤鶩齊飛，秋水共長天一色」而流芳後世。

唐貞觀十三年（639），唐高祖李淵第二十二子李元嬰被封於山東滕州，為滕王。他於滕州築一閣樓名曰「滕王閣」（已被毀）。唐顯慶四年（659），滕王李元嬰調任江南洪州（今江西南昌）都督，因其思念故地滕州，修築了著名的「滕王閣」。滕王閣因王勃的《滕王閣序》為後人熟知。

滕王閣與湖北武漢黃鶴樓、湖南岳陽樓並稱為「江南三大名樓」。歷史上的滕王閣先後共重建達 29 次之多，屢毀屢建。滕王閣主體建築為宋式仿木結構，突出背城臨江、瑰瑋奇特的氣勢。主體建築 9 層，加上兩層底座，主閣南北兩側配以「壓江」「挹翠」二亭，與主閣相接，主體建築丹柱碧瓦，畫棟飛簷，斗拱層疊，門窗剔透，其立面似一個倚天聳立的「山」字，而平面則如一隻展翅欲飛的大鯤鵬。

繩金塔　坐落在南昌市西湖區繩金塔街東側，原古城進賢門外，始建於唐天祐年間（904～907），相傳建塔前異僧惟一掘地得鐵函一隻，內有金繩四匝，古劍三把（分別刻有「驅風」「鎮火」「降蛟」字樣），還有金瓶一個，盛有舍利子三百粒，繩金塔因此而得名。

繩金塔為江南典型的磚木結構樓閣式塔，塔高 50.86 米，塔身為七層八面（明七暗八層）、內正外八形，朱欄青瓦，墨角淨牆，鎏金葫蘆形頂，有濃重的宗教色彩，飄逸的飛簷，並懸掛銅鈴（按照製作古代編鐘的工藝，重新鑄造風鈴，七層七音）。塔身每層均設有四面真門洞、四面假門洞，各層真假門洞上下相互錯開，門洞的形式各層也不盡相同。繩金塔古樸秀麗，具有江南建築的典型藝術風格，自唐代始建至今，已有 1100 多年的歷史。繩金塔素有「水火既濟，坐鎮江城」之說。

（二）

蝶戀花

秦觀

舟泊潯陽城[1]下住。杳靄昏鴉，點點雲邊樹。

九派[2]江分從此去。煙波一望空無際。

今夜月明風細細。楓葉蘆花，的是淒涼地。

不必琵琶能觸意。一樽自濕青衫淚[3]。

注釋

❶ 潯陽：今江西省九江市的古稱，因古時流經此處的長江一段被稱為潯陽江，而縣治在長江之北，即潯水之陽而得名。

❷ 派：水的支流。

❸ 青衫淚：用白居易《琵琶行》中「江州司馬青衫濕」詩意。

背景

秦觀，見第一二六頁《千秋歲》（水邊沙外）。

秦觀一生坎坷，所寫詩詞，寄託身世，感人至深。此時舟泊潯陽，不由想起被貶於此的江州司馬白居易，觸動了自己身世之感。在意境創造上，秦觀的詞作描摹清幽冷寂的自然風光，昏鴉點點，蘆花淒涼，營造出蕭瑟淒厲的意境，抒發了遷客騷人的憤懣和無奈，深切地抒寫出詞人前途渺茫、孤獨寂寞的愁緒，沉痛地表達出遠離朝廷、謫放天涯的無奈和悲憤。意象精緻幽美，聲韻柔婉，創造出淒迷朦朧的意境。結句「不必琵琶」，意思更進一層，顯得跌宕有致，含蘊深長。

潯陽樓　中國江南十大名樓之一，位於江西省九江市九華門外的長江之濱。樓始建年代雖不可考，但據唐代詩人、德宗貞元年間江州刺史韋應物的《登郡寄京師諸季淮南子弟》一詩中說的「始罷永陽守，復臥潯陽樓」；唐代詩人江州司馬白居易，清代詩人、康熙年間兵部侍郎佟法海等所詠的潯陽樓詩，可以看出，潯陽樓自唐代至清代沿存，且頗具規模。現潯陽樓，為當代重建。總體佔地 2000 平方米。主樓佔地 300 平方米，高 21 米，外三層內四層，九脊層頂，龍簷飛翔，四面迴廊，古樸凝重。

（三）

歸朝歡

和蘇堅伯固

我夢扁舟浮震澤[1]，雪浪搖空千頃白。覺來滿眼是廬山，倚天無數開青壁。此生長接淅[2]，與君同是江南客。夢中遊、覺來清賞，同作飛梭擲。

明日西風還掛席[3]，唱我新詞淚沾臆。靈均[4]去後楚山空，澧陽[5]蘭芷無顏色。君才如夢得[6]，武陵更在西南極。《竹枝詞》、莫徭[7]新唱，誰謂古今隔。

蘇軾

注釋

❶ 震澤：太湖。
❷ 接淅：本於《孟子．萬章下》:「孔子之去齊，接淅而行。」孔子去齊國的途中淘米燒飯，不等把米淘完、瀝乾，帶起就走，言其匆忙之狀。
❸ 掛席：掛起帆席，準備啟程。
❹ 靈均：屈原。
❺ 澧陽：在湖南。此泛指楚地。
❻ 夢得：唐代詩人劉禹錫，字夢得。劉禹錫因參加王叔文革新集團，被貶為朗州司馬，在武陵一帶生活了十年。
❼ 莫徭：楚地瑤族地區，蘇堅即將任職之所。

背景

蘇軾，見第一五頁《臨江仙》(忘卻成都來十載)。

此詞作於紹聖元年（1094）七月，是蘇軾為酬贈闊別多年後又不期而遇的老友蘇堅（字伯固）而作。先寫夢中泛舟震澤、波浪滔天的景象，再寫眼前廬山雄奇的倚天景象，奇麗之景，令人神往。然而，現實中的屢遭貶黜，對人生到處奔波的境遇的感歎，又增加了詞作複雜的韻味。但蘇軾不會一味沉浸在消極的感歎中，他馬上鼓勵老友，期望他在逆境中奮起，像屈原、劉禹錫那樣寫出光耀古今的作品來。詞中以雄健的筆調，營造出純真爽朗、境界闊大、氣度昂揚的詞境，抒寫了詞人的浩逸襟懷，煥發着激情的光彩。

旅遊看點

盧山　又名匡山、匡廬，位於江西省九江市廬山市境內。長約 25 公里，寬約 10 公里，主峯漢陽峯，海拔 1473.4 米。山體呈橢圓形，典型的地壘式塊段山。廬山以雄、奇、險、秀聞名於世，素有「匡廬奇秀甲天下」之美譽。是世界文化遺產、世界地質公園、國家級風景名勝區、國家 5A 級旅遊景區。羣峯間散佈岡嶺 26 座，壑谷 20 條，岩洞 16 個，怪石 22 處。水流在河谷發育裂點，形成許多急流與瀑布，瀑布 22 處，溪澗 18 條，湖潭 14 處。

三疊泉　是廬山風景區中最為著名的瀑布，又名三級泉、水簾泉。古人稱「匡廬瀑布，首推三疊」，譽為「廬山第一奇觀」，由大月山、五老峯的澗水匯合，從大月山流出，經過五老峯背，由北崖懸口注入大盤石上，又飛瀉到二級大盤石，再噴灑至三級盤石，形成三疊，因此得名。三疊泉每疊各具特色，一疊直垂，一傾而下；二疊彎曲，直入潭中。站在第三疊抬頭仰望，三疊泉拋珠濺玉，飛灑九天。如果是多雨季節，飛瀑更增氣勢，凌空飛下，如雷轟鳴，令人歎為觀止。故有「不到三疊泉，不算廬山客」之說。

（四）

滿庭芳

晁補之

用東坡韻題自畫蓮社圖[1]

歸去來兮，名山何處，夢中廬阜[2]嵯峨[3]。二林[4]深處，幽士往來多。自畫遠公[5]蓮社，教兒誦、李白長歌[6]。如重到，丹崖翠戶，瓊草秀金坡。

生綃，雙幅上，諸賢中履[7]，文彩天梭[8]。社中客，禪心[9]古井無波。我似淵明逃社[10]，怡顏盼、百尺庭柯。牛閑放，溪童任懶，吾已廢鞭蓑。

注釋

❶ 蓮社：東晉慧遠大師居廬山，與劉遺民、宗炳、周續之等同修淨土所建，寺中有白蓮池，因號蓮社，又稱白蓮社。

❷ 阜：山。

❸ 嵯峨：形容山勢高峻。

❹ 二林：廬山東林寺和西林寺。東晉太元八年（383），慧遠與師弟慧持等南下，約慧永師兄踐往廣東羅浮之約，途經潯陽，見「廬山閑曠，足以息心」，乃於西林寺旁築精舍，息心傳教授徒。後慧永請於當時江州刺史桓伊，桓伊乃為慧遠於山之東側建寺殿，落成於太元十一年（386）。新寺建在西林寺東，故名東林。

❺ 遠公：對東晉高僧慧遠的尊稱。慧遠本姓賈，雁門樓煩（今山西原平）人，早年博通六經，尤善老莊。後從道安出家。東晉太元八年（383）入廬山，倡導彌陀淨土法門，後世淨土宗人推尊為初祖，著有《法性論》《沙門不敬王者論》等。

❻ 李白長歌：指李白詩作《廬山謠寄盧侍御虛舟》。

❼ 履：鞋。

❽ 天梭：傳說中王母女兒織布用的梭子，所製天衣無縫。

❾ 禪心：修行生禪的心，毫無雜念，指專思靜寂的狀態。

❿ 淵明逃社：慧遠曾邀請陶淵明加入蓮社，但陶淵明去後攢眉而離開。

背景

晁補之（1053～1110），字無咎，號歸來子，濟州巨野（今屬山東巨野）人。晁補之屬豪放詞家，師承蘇軾，但傷春惜別相思憶舊之傳統題材的作品佔約半數之多，並頗具清新蘊藉韻味與柔麗綿邈情調。

這是一首題畫詞，描述廬山上慧遠等世外高人潛遁山林、精研佛理的生活。他們在「二林深處」「丹崖翠戶」之間，達到了身心靜謐、古井無波的境界。陶淵明則寧願與慧遠結為「方外之交」也不願意「預名蓮社」。詞人自比為陶淵明，而不是蓮社諸人，恰表達了他對於陶淵明任情率真，不拘禮俗，更不受任何形式的束縛和桎梏的精神世界的認同，體現了他對理想化的散淡生活狀態的追求，也是「歸去」之意的流露。詞作格調豪爽，語言清秀曉暢。

旅遊看點

東林寺　位於江西省九江市廬山西麓，東距廬山牯嶺街 50 公里。因處於西林寺以東，故名東林寺。東林寺是佛教淨土宗（又稱蓮宗）的發源地，也被日本佛教淨土宗和淨土真宗視為祖庭。國家著名佛教道場、江西省三大國際交流道場之一。

唐時東林詩碑林立，詩人題譽極為豐富，李白、杜甫、孟浩然、白居易、韓愈、李頎、王昌齡、李端、韋應物、張九齡、張喬、杜荀鶴等留有詩章，有「滿寺萬詩詠，一步一驚心」之說。寺內文物甚多，諸如：唐代尊勝陀羅尼經幢（683），為東林寺現存最古老的石刻；譯經台，是昔日遠公請西域經師來東林寺譯經駐錫之地；柳公權殘碑，康有為題刻，李邕《東林寺碑》並序，謝靈運《廬山慧遠法師碑》，王陽明詩碑等。

西林寺 坐落於江西省九江市廬山西麓，377 年由開山祖師慧永法師創建，迄今已有 1700 餘年歷史，為「廬山北山第一寺」。西林寺與東林寺均依廬山而立，相距不過百丈，景觀各有千秋。東林寺規模宏大，氣勢雄偉；西林寺則小巧緊湊，秀麗嚴謹。蘇軾曾有《題西林壁》詩云：「橫看成嶺側成峯，遠近高低各不同。不識廬山真面目，只緣身在此山中。」此詩傳頌千古，也使西林寺聲名遠播。

西林寺內珍貴文物很多，以七層千佛寶塔最有特色。千佛塔又名「磚浮屠」，唐開元年間由唐玄宗敕建，原是石塔，高約丈餘。北宋慶曆元年（1041），管仲文耗時九年將石塔改建為七層六面樓閣式，高 46 米，周長 32.4 米的磚塔，南北開門，通風除濕，東面二層開門，塔外登梯入塔室，可攀梯直登七層覽勝。明崇禎五年（1632），照真法師對寶塔進行了大修，每層內外均設有佛龕，供奉佛像，佛像高尺餘，全是泥塑，有的裝金，有的粉彩，各有不同，現尚存數十尊已重新裝金供奉塔內。

（五）

滿庭芳

晁補之

憶盧山

欲買盧山，山前三畝，小橋橫過松間。變名吳市[1]，誰認舊容顏。最好棲賢峽外[2]，應自此、都隔塵寰。人稀到，壺中化國[3]，光景更堪閑。

無心，求至道，柴門閉了，飽睡甘餐。幸兒成孫長，為掃家山。若問他年歸去，藊地也、雙槳來還。愁難會，清風萬壑，高處正躋攀。

注釋

❶ 變名吳市：隱姓埋名，此處指伍子胥曾變姓名在吳市吹簫乞食故事。伍子胥，春秋時吳國大夫，原是楚國大夫伍奢第二子，楚平王七年（前 522），伍奢被殺，他奔逃入吳。他在吳未顯時，曾在吳國街市上吹簫乞食。後輔吳王闔閭刺殺吳王僚，奪取王位，破楚，以功封於申，又稱申胥。

❷ 棲賢峽：棲賢谷中的三峽澗，棲賢谷在廬山山南。

❸ 壺中化國：道教以方壺中有幻化境界。

背景

晁補之，見第一六九頁《滿庭芳》（歸去來兮）。

晁補之生性清孤耿介，在朝廷的紛爭傾軋中，度過了動盪坎坷的仕途，也曾經歷過長達八年的廢黜生涯。自然山水對於他而言，往往意味着精神的綠洲。這首詞先是描述廬山吸引自己的秀麗景色，為自己的仕途追求所不值，期待一種遠離污濁、飽睡甘餐的自在，呈現出嘯傲風月、寄興詩酒的意趣襟懷。其中表達的歸隱夢想，其實是憤懣於現實的心境反映。語言質樸直接，風格酣暢奔瀉。

旅遊看點

廬山錦繡谷　自天橋循左側石級路前行至仙人洞，為一段長約 1.5 公里的秀麗山谷，這便是廬山錦繡谷。谷中斷崖、怪石、峭壁、險峯匯集，一路景色如錦繡畫卷，令人陶醉。錦繡谷相傳為晉代東方名僧慧遠採擷花卉、草藥處。北宋文學家王安石詩云：「還家一笑即芳晨，好於名山作主人。邂逅五湖乘興往，相邀錦繡谷中春。」

（六）

沁園春

曹勛

贈清虛先生[1]

五老橫峯，二林雲衲，自古洞天。噴玉龍飛，下三峽水，望香爐日暗靄[2]，如起非煙。有個真人，撥雲峯[3]下，宴坐修真不記年。明廷詔[4]，看龍翔鳳翥[5]，宸制奎篇[6]。

君臣際會誠難。聳翠閣、頻頒寶墨鮮。眾妙門皆向，微言顯啟，兩朝天德，甘湧神泉。道化承平，應稽[7]升舉[8]，且向人間尋有緣。掀髯笑，做廬山隱逸，大宋神仙。

注釋

❶ 清虛先生：指廬山清虛觀道人皇甫坦。
❷ 靄：懸浮於空氣中的細小水滴，又稱輕霧。
❸ 撥雲峯：在廬山蓮花峯北，從蓮花洞步行到好漢坡，上廬山須路過此峯。
❹ 明廷詔：宋高宗詔皇甫坦入慈寧殿，為顯仁太后醫治目翳（yì）。明廷，朝廷。
❺ 龍翔鳳翥（zhù）：形容書法筆力遒勁靈活。
❻ 宸制奎篇：指宋徽宗親自書寫神泉二字賜給皇甫坦。宸，北辰所居，喻帝王居。
❼ 應稽：接受考核而列入仙籍。
❽ 升舉：飛升。

背景

曹勛（1098～1174），字公顯，陽翟（今河南禹縣）人。徽宗宣和五年（1123），恩補承信郎，特命赴進士廷試，賜進士甲科。靖康元年（1126）除武義大夫。與徽宗北遷，自燕山逃歸。建炎元年（1127）秋至南京，建議募死士航海入金，奉徽宗由海道歸，執政難之，出勛京外，九年不遷。紹興五年（1135）除江西兵馬副都督。累遷昭信軍節度使，加太尉。著有《松隱文集》《北狩見聞錄》等。清虛先生皇甫坦精通醫道養生，這首詞藉這位世外高人表達了詞人對神仙世界的嚮往，和強烈的離塵世、就仙界的修道意識。廬山的煙靄景象與神仙世界的想像相得益彰。

五老峯　地處廬山東南，因山的絕頂被埡口所斷，分成並列的五個山峯，仰望儼若席地而坐的五位老翁，故人們便把這原出一山的五個山峯統稱為「五老峯」。五峯從各個角度去觀察，山姿不一，有的像漁翁垂釣，有的像老僧盤坐。其中第三峯最險，峯頂有「日近雲低」「俯視大千」等石刻。第四峯最高，峯頂雲松彎曲如虬。下有獅子峯、金印峯、石艦峯、凌雲峯和旗竿峯等小峯，往下為觀音崖、獅子崖、背後山谷有青蓮寺。

仙人洞　為廬山著名景點之一。位於錦繡谷的南端，有參差如手的「佛手岩」。仙人洞高、深各約 10 米，幽深處有清泉下滴，稱「一滴泉」。洞壁有「洞天玉液」等石刻題詞。洞中央「純陽殿」內置呂洞賓石像。每當雲霧繚繞之時，驟添幾分仙氣。至清朝，佛手岩成道家的洞天福地，改稱仙人洞。毛澤東的著名詩句「天生一個仙人洞，無限風光在險峯」使仙人洞景點名揚四海。

仙人洞的左側有石砌的月亮門，門楣鐫刻「仙人洞」三個大字。在月亮門內有一巨石突兀，形如蟾蜍，名「蟾蜍石」，有一勁松插石挺立，稱為「石松」。石上刻摩崖大字「縱覽雲飛」「豁然貫通」，石下亂雲飛渡，如入仙境。仙人洞右側觀妙亭下，有一比蟾蜍石更大的遊仙石凌空突出，石下萬丈深淵，奇險無比。

水調歌頭

盟鷗[1]

帶湖[2]吾甚愛，千丈翠奩[3]開。先生杖屨[4]無事，一日走千回。凡我同盟鷗鷺，今日既盟之後，來往莫相猜。白鶴在何處，嘗試與偕來。

破青萍，排翠藻，立蒼苔[5]。窺魚笑汝痴計，不解舉吾杯。廢沼荒丘疇昔。明月清風此夜，人世幾歡哀？東岸綠陰少，楊柳更須栽。

注釋

❶ 盟鷗：指與鷗鳥約盟為友，一起棲隱。李白《贈王判官，時余歸隱，居廬山屏風疊》詩：「明朝拂衣去，永與白鷗盟。」

❷ 帶湖：在信州（今江西上饒）北靈山下。

❸ 翠奩：翠綠色的鏡匣。這裏用來形容帶湖水面碧綠如鏡。

❹ 杖屨：手持拐杖，腳穿麻鞋。

❺「破青萍」三句：描寫鷗鷺在水中窺魚欲捕的情態。

背景

辛棄疾，見第五七頁《滿江紅》（直節堂堂）。

此詞作於宋孝宗淳熙九年（1182），詞人被主和派彈劾落職閑居帶湖之初。淳熙八年的冬末，詞人不到42歲，正是年富力強，應當大有作為的時候，卻被南宋政權罷官，回到剛落成不久的信州帶湖新居，開始了漫長的歸田生活。這首詞即作於詞人罷官歸家不久。詞人一片赤誠，欲與鷗鳥結盟為友，可惜鷗鳥並不能領會詞人此時的情懷。表面是寫優游之趣，閑適之情，分明含被迫隱居、不能用世的孤憤之慨。但詞人並不會被愁緒所壓倒，最後仍歸於坦蕩的胸懷。

旅遊看點

帶湖 在今江西省上饒市城外，為辛棄疾長期落職閑居之所。原為一狹長的無名湖泊，因其「枕澄湖如寶帶」而命之曰「帶湖」。宋代文學家洪邁在《稼軒記》中載：「郡治（信州郡治上饒）之北可里許，故有曠土，三面傅城，前枕澄湖如寶帶，其縱千有二百三十尺，其衡八百又三十尺，截然砥平，可廬以居，而前乎相攸者皆莫識其處，天作地藏，擇然後予。」

三清山 坐落於江西上饒東北部。主峯玉京峯海拔 1819.9 米，因玉京、玉華、玉虛三座山峯如三清（玉清、上清、太清）列坐羣山之巔，故名。三清山經歷了 14 億年的地質變化運動，風雨滄桑，形成了奇特的花崗岩峯林地貌，「奇峯怪石、古樹名花、流泉飛瀑、雲海霧濤」並稱自然四絕。三清山以自然山嶽風光稱絕，以道教人文景觀為特色，已開發的奇峯有 48 座，怪石有 52 處，景物景觀 500 餘處。

（八）

沁園春

辛棄疾

靈山齊庵[1]賦[2]，時築偃湖[3]未成

疊嶂西馳，萬馬迴旋，眾山欲東。正驚湍直下，跳珠倒濺；小橋橫截，缺月初弓[4]。老合[5]投閑，天教多事，檢校[6]長身十萬松。吾廬小，在龍蛇[7]影外，風雨聲中。

爭先見面重重。看爽氣朝來三數峯。似謝家子弟，衣冠磊落；相如庭戶，車騎雍容。我覺其間，雄深雅健，如對文章太史公[8]。新堤路，問偃湖何日，煙水濛濛？

注釋

❶ 靈山：位於江西上饒境內。
❷ 齊庵：詞中之「吾廬」。
❸ 偃湖：新築之湖，時未竣工。
❹ 缺月初弓：形容橫截水面的小橋像一彎弓形的新月。
❺ 合：應該。
❻ 檢校：巡查、管理。
❼ 龍蛇：指松樹。
❽ 太史公：司馬遷，字子長，西漢著名的史學家和文學家，任太史令，自稱太史公。

背景

辛棄疾，見第五七頁《滿江紅》(直節堂堂)。

這首詞大約作於慶元二年（1196），時稼軒罷居帶湖。作品描寫靈山的景色，最大的特點就是大自然深深地打上了詞人個性的烙印，帶有辛棄疾的鮮明色彩。彷彿萬馬奔騰的羣山，就是詞人自己的精神世界的反映，也是他與主和派之間永不止息的鬥爭性格的寫照。他還藉助於用典，以王謝子弟的風采來比擬山峯的大家風範，又用司馬遷雄深雅健的文章風格，來書寫靈山剛健深沉的格調。從而給風景注入了生命力，成為詞人的胸襟和思想境界的化身。

靈山　地處江西省上饒市上饒縣北部，自然環境獨特，地質構造複雜，地貌類型多樣，是國家級風景名勝區、國家 4A 級旅遊景區。被道家書列為「天下第三十三福地」。靈山因山脈連綿起伏，猶如一位側躺着入睡的江南美女，而被世人讚譽為「睡美人」。據清同治十一年（1872）的《上饒縣志》所記，靈山共有 72 座山峯，主峯海拔 1496 米。山中還有山雞、鰈魚、石耳等珍稀動植物及鉬、鈮、重晶石、鋅、鐵等地下資源。主要的自然景觀有：

水晶瀑布，位於水晶山景區之東南隅，因其位於水晶峯下，且「飛瀉映日，遠望之若水晶」，故名水晶瀑布。水晶瀑布在石屏水晶諸峯之下，集石屏峯的龍池水、水晶峯的潮水及其他山泉於「三潭映月」之第一潭，再從潭口溢出形成了瀑布。水晶瀑布落差達 244 米，寬幅達 50 米。

華表峯，位於甑峯西，海拔 1345 米。華表峯四周山巒重疊，而華表峯鶴立雞羣。有石城嶝道可登華表峯，南起清水鄉石城古剎，經麻石包，斜上夾層靈山東面谷口，嶝道南陡北緩，險處麻石包，兩翼虛空，攀登者易上難下，人稱「陰陽隔張紙」。沿途景點有回音壁、天女散花、一線天、八卦石、貓鷹石。

南峯塘，位於石人殿南 5 公里處，是一個海拔 800 餘米，面積不到 1 平方公里的台地。因此台地似盂，集百谷、岩前諸峯山泉成塘，水清見底，波光粼粼，羣峯倒映，故名南峯塘。南峯塘四周絕壁如削，僅有古人開鑿的東西兩條古道可登，由岩底古道拾級而上，沿途可賞神蛙鳴耕、老嫗浣紗、飛天神龜等怪石。由神蛙石再拾級而上，岩前、百谷二峯被一雄關緊鎖，關口狹小，僅容一人通過，故先人建成此關後命名天險，並由邑內書法家寫「天險」二字勒石。

（九）

生查子

辛棄疾

獨遊西岩[1]

青山招不來，偃蹇[2]誰憐汝？歲晚太寒生，勸我溪邊住。
山頭明月來，本在天高處。夜夜入青溪，聽讀《離騷》去。

注釋

❶ 西岩：在上饒城南，風景優美。

❷ 偃蹇（jiǎn）：高聳、傲慢的樣子。

背景

辛棄疾，見第五七頁《滿江紅》（直節堂堂）。

辛棄疾被誣罷官，長期閑居於上饒城北的帶湖之畔。這首詞是他閑居帶湖期間的記遊之作。詞人寄情山水，與青山明月相交遊。但是「獨遊」的狀態，暗示了他無人陪伴的鬱悶。獨詠《離騷》，更強調了有志難申、懷才不遇、憂國憂民的思想。「太寒」，是天氣，是身體的感知，更是人生的挫折，是心靈的感受。因收復中原的政治主張與主和派格格不入，辛棄疾屢遭投降派排斥和打擊，不為朝廷所用，不得已閑居鄉里，但他絕不會因此放棄自己的原則去隨人俯仰。詞中的青山和明月，崇高、正直而又皎潔，正是詞人心目中的理想人格的化身。

旅遊看點

西岩 在今江西省上饒市南六十里處，鐵山鄉境內。岩峯拔地而起，上有天然石灰岩溶洞。洞內鐘乳倒懸清泉滴落，臨岩有西岩寺，岩壁有辛棄疾、洪駒等題刻。

龜峯 又稱圭峯，是世界地質公園龍虎山—龜峯地質公園和世界自然遺產「中國丹霞」的組成部分。位於弋陽縣城南信江南岸，因其「無山不龜，無石不龜」，且整座山體就像一隻碩大無朋的昂首巨龜而得名。龜峯地貌形態以峯林、陡崖、方山、石牆、石柱、石峯為特徵，保存有壯年期丹霞地貌的遺跡。龜峯共有 36 峯，集「奇、險、靈、巧」於一身，素有「江上龜峯天下稀」和「天然盆景」譽稱。明代地理學家徐霞客遊覽龜峯後發出「蓋龜峯巒嶂之奇，雁蕩所無」的感歎。以發育丹霞洞穴羣為特色，奇洞成羣，共有大小 28 個岩洞，如始建於晉代「中華第一佛洞」南岩石窟、「禪宗古寺」雙岩、「飛來禹跡」龍門岩等。

（一〇）

水龍吟

辛棄疾

用些語[1]再題瓢泉[2]，歌以飲客，聲韻甚諧，客為之釂[3]。

聽兮清珮瓊瑤些。明兮鏡秋毫些。君無去此，流昏漲膩[4]，生蓬蒿些。虎豹甘人[5]，渴而飲汝，寧猿猱些。大而流江海，覆舟如芥，君無助、狂濤些。

路險兮山高些。塊予獨處無聊些。冬槽[6]春盎[7]，歸來為我，製松醪[8]些。其外芳芬，團龍片鳳，煮雲膏些。古人兮既往，嗟予之樂，樂簞瓢些。

注釋

❶ 些（suò）語：是《楚辭》的一種句式或體裁，為楚巫禁咒句末所用的特殊語氣助詞。

❷ 瓢泉：在江西鉛山縣東二十五里，泉水清冽，風景幽美。詞人在這裏有處舊居。

❸ 釂（jiào）：飲酒乾杯。

❹ 流昏漲膩：取意於杜牧《阿房宮賦》：「渭流漲膩，棄脂水也」。

❺ 虎豹甘人：虎豹以人為美食。出自《楚辭・招魂》：「虎豹九關，啄害下人些。」

❻ 槽：一種盛東西的器具，長方形或正方形，較大。

❼ 盎：古代的一種盆，腹大口小。

❽ 松醪：用松肪或松花釀製的酒。

背景

辛棄疾，見第五七頁《滿江紅》（直節堂堂）。

宋光宗紹熙五年（1194）七月，詞人被解除知福州兼福建路安撫使的職務後，便來這裏「新葺茅簷」閑居。寧宗慶元二年（1196）又移居退隱。這首詞大致是閑居瓢泉時期寫的。詞人寄言泉水，寓寫自己對現實環境的感受。政治鬥爭如江海狂濤，流昏漲膩，覆舟如草芥；蓬蒿亂生，虎豹喝人血而甘，自己不如隱居，與猿猱為伍不問世事。但瓢泉的閑居並不能使詞人的心情平靜下來，反而是鬱積了滿腔的憤怒，流露出對官場混濁，世運衰頹的憎惡，抒發了不同流合污、自守節操的浩然之氣。

瓢泉　在江西省鉛山縣稼軒鄉期思村瓜山下。《鉛山縣志》卷五《古跡》載：「瓢泉，在縣東二十五里，泉為辛棄疾所得，因而名之。其一規圓如臼，其一規直若瓢。周圍皆石徑，廣四尺許，水從半山噴下，流入臼中，而後入瓢，其水澄可鑒。」南宋淳熙十二年（1185），辛棄疾卜居鉛山，在期思村發現此泉，決定在此修建新居。因其形狀如瓢，辛棄疾取孔子「一簞食，一瓢飲，在陋巷，人不堪其憂，回也不改其樂，賢哉回也」的含義，取名為瓢泉。附近有關的歷史遺跡有：稼軒府堂、養生塘、稼軒花園、停雲堂、秋水觀、稼軒公館、斬馬橋和辛棄疾墓等。

辛棄疾墓　在瓢泉之西陽原山。《鉛山縣志》載：「辛忠敏棄疾墓，在七都虎頭門。宋紹定間贈光祿大夫，敕葬於此。舊有金字碑立驛道旁，曰稼軒先生神道。」辛棄疾墓建於紹定年間（1228～1233），原在其側驛路旁有稼軒先生神道金字碑。原碑不存。現存墓碑為清代辛棄疾子辛櫃的後裔所立。

（一一）

鷓鴣天

遊鵝湖，醉書酒家壁。

春入平原薺菜花，新耕雨後落羣鴉。多情白髮春無奈，晚日青簾酒易賒。

閑意態，細生涯。牛欄西畔有桑麻。青裙縞袂[1]誰家女，去趁蠶生看外家。

注釋

❶ 縞袂：白衣。

背景

辛棄疾，見第五七頁《滿江紅》（直節堂堂）。

這首詞描繪了春日美好的景色以及鄉村生活的古樸寧靜。詞的上闋借景抒情，把鄉村寫得恬靜而又生機勃勃：春天來了，一場春雨剛過，平原上開滿了薺菜花；在剛翻耕過的土地上，一羣羣烏在起落着覓食。下闋寫出了農村的清新、恬靜、閑適。村民悠閑自在，生活得井井有序，牛欄左右的空地上種滿了桑麻，春耕剛完，新蠶剛生，春播未及，着白衣青裙的年輕媳婦趁着閑暇趕着走娘家。只是春意的盎然、鄉村的古樸，帶給詞人的感受並不是純粹的閑適、愜意，而是讓人感覺到壯志難酬、年齡徒增的惆悵，因此才有「多情白髮春無奈，晚日青簾酒易賒」的煩悶。

旅遊看點

鵝湖 山名，亦為書院名。江西省鉛山縣鵝湖鎮北鵝湖山有湖，多生荷。晉末龔氏畜鵝於此，因名鵝湖山。鵝湖書院位於上饒鉛山縣鵝湖鎮鵝湖山麓，為古代江西四大書院之一，佔地 8000 平方米。鵝湖書院曾是一個著名的文化中心。尤其是南宋理學家朱熹與陸九淵等人的鵝湖之會，成為中國儒學史上一件影響深遠的盛事。人們為了紀念「鵝湖之會」，在書院後建了「四賢祠」。宋淳熙十年（1183）賜名「文宗書院」，後更名為「鵝湖書院」。書院自南宋至清代，800 多年來，幾次兵毀，又幾次重建。其中以清康熙五十六年（1717）整修和擴建工程規模最大。康熙皇帝還為御書樓題字作對。書院歷經數百年，風貌依舊，格局完整，原狀留存，是書院實物遺存中少有得以完整原貌保存的一處。院內設有「鵝湖之會與鵝湖書院」「辛棄疾與鉛山」等固定的展覽、陳列。

向子諲

（一二）

阮郎歸

紹興乙卯大雪行鄱陽道中

江南江北雪漫漫。遙知易水寒。同雲深處[1]望三關[2]。斷腸山又山。

天可老，海能翻。消除此恨難。頻聞遣使問平安[3]。幾時鸞輅[4]還？

注釋

❶ 同雲：彤雲。下雪前的陰雲。

❷ 三關：954 年，五代周世宗柴榮征遼，收復益津關、淤口關、瓦橋關等。這三關均在今河北易水一帶。後都為金所佔，是北伐必經之地。

❸ 遣使問平安：宋高宗不希望二帝還朝，但為掩人耳目，於建炎三年（1129）、紹興二年（1132）和紹興四年（1134）多次分別派洪皓、潘致堯、章誼等人為大金通問使、軍前通問使、金國通問使，頻頻探問徽、欽二帝，以逃避輿論的指責。當詞人寫此詞時，徽宗已被囚死。

❹ 鸞輅（lù）：天子乘坐的車。這裏借代指徽、欽二帝和帝后。

背景

向子諲（yīn）（1085～1152），字伯恭，號薌林居士，臨江清江縣（今江西樟樹市）人。哲宗元符三年（1100）以蔭補官。徽宗宣和間，累官京畿轉運副使兼發運副使。高宗建炎外任遷江淮發運使。素與李綱善，李綱罷相，子諲也落職。起知潭州，次年金兵圍潭州，子諲率軍民堅守八日。紹興中，累官戶部侍郎，知平江府，因反對秦檜議和，落職居臨江。其詩以南渡為界，前期風格綺麗，南渡後多傷時憂國之作。有《酒邊詞》二卷。

紹興五年（1135）冬天，詞人冒雪前往鄱陽，大雪紛飛的天氣使詞人遙想北地被囚禁在金國的徽、欽二帝的痛苦，詞人又聯想到因為國內主和派阻撓而導致的北伐失敗，心有所感，寫下了這首詞。上闋寫景，起句「江南江北雪漫漫」氣勢壯闊，為全詞創造、渲染出了一種特定的、寒冷空曠的氛圍。下闋抒情，表達自己絕不可能忘卻國恥家仇。全詞沉痛鬱結，以深長的歎息與無盡的憂思作結，表現了詞人對時局的深切憂慮。這也是南宋愛國志士中普遍存在的悲憤心情和強烈的愛國精神的反映。

鄱陽縣古稱番邑、饒州，漢時更名鄱陽縣，位於江西省東北部、鄱陽湖東岸。主要景點有：

鄱陽湖國家濕地公園　總面積為365平方公里，以湖泊、河流、草洲、泥灘、島嶼、氾濫地、池塘等濕地為主體景觀，濕地資源豐富，是類型眾多的純自然生態複合型濕地公園。是世界六大濕地之一，也是亞洲濕地面積最大、濕地物種最豐富的國家級濕地公園。

牛頭山　位於油墩街鎮。傳說當年一座大山擋住了通往城中心的去路，一頭神牛的責任就是把這座山耕出一條大道來，最後牛實在是口渴了，就在去井口喝水的時候頭飛了，此後這裏就被當地人稱作牛頭山。後據考古發現是江西省惟一被省文物館保護的古漢墓所在地，共有99座，是全國最大的古漢墓羣。

清平樂

博山道中即事[1]

柳邊飛鞚[2]，露濕征衣重。宿鷺窺沙孤影動，應有魚蝦入夢。

一川淡月疏星，浣紗人影娉婷。笑背行人歸去，門前稚子啼聲。

注釋

❶ 博山：在江西廣豐縣西二十里，山中有清奇的泉石、蒼翠的林谷，還有雨岩、博山寺等名勝古跡，是一處絕佳的風景地。

❷ 鞚（kòng）：馬勒，「縱鞍則行，攬鞚則止。」

背景

辛棄疾，見第五七頁《滿江紅》（直節堂堂）。

總觀此詞，全篇都是寫景敍事，無一句抒情，但又處處融情於景中，寄意言外。從描寫月光柳露的文字中，可以感知詞人對清新淡雅的自然風光的喜愛；在表現沙灘宿鷺時，能感受到詞人眼中生命的親切、生動；從描寫浣紗婦女的文字中，可以感知詞人對淳厚樸實的民情風俗的讚賞。詞中描繪的溪山夜景長卷，具有清幽淡遠的意境和生機蓬勃的生活氣息。

旅遊看點

博山寺　又名能仁寺。始建於唐同光年間（923～925），明隆慶間毀於火，萬曆間重建，天啟元年（1621）建成大殿、藏經閣、法堂、禪堂等 12 棟 24 廳，鑄成大銅佛、銅香爐、銅鐘多件，最著名的是 11 口銅鐘，據說用了 3.6 萬斤赤寶銅。至 1952 年，寺內還保存有 31 間樓、殿、堂屋，面積 1104 平方米。辛棄疾晚年閑居時，在博山建「稼軒書舍」，讀書於此，吟詠頗多，寫詞十多闋。明代呂夔、夏尚樸，清代傅宏彪、夏顯煜、徐光祚、劉堯裔、楊丕烈、劉梓等均有遊博山寺詩文留傳於世。

（一四）

生查子

獨遊雨岩[1]

溪邊照影行，天在清溪底。天上有行雲，人在行雲裏。
高歌誰和余？空谷清音起[2]。非鬼亦非仙[3]，一曲[4]桃花水[5]。

注釋

❶ 雨岩：廣豐縣博山的一處山崖，在博山寺附近。

❷ 清音：指空谷中潺潺的流水聲。《淮南子·兵略訓》：「夫景不為曲物直，響不為清音濁。」晉左思《招隱》：「非必絲與竹，山水有清音。」

❸ 非鬼亦非仙：蘇軾《夜泛西湖五絕》：「湖光非鬼亦非仙，風恬浪靜光滿川。」

❹ 一曲：一灣。

❺ 桃花水：桃花汛。農曆二、三月桃花盛開時節，冰化雨積，黃河等處水猛漲，稱為桃花汛。

背景

辛棄疾，見第五七頁《滿江紅》（直節堂堂）。

這首詞寫於詞人罷官之後閑居帶湖的時期。在職期間，他積極籌措恢復中原大計，遭到主和派的排斥、打擊和嫉恨，被朝廷罷職閑居。他的抗戰理想不能實現，報國壯志一籌莫展，因此寫了這首詞來抒發胸中的悲憤。題目中的「獨遊」二字，已經透露出了這種孤獨的意味。詞人通過記敍獨遊雨岩的情景，抒發了遭受打擊、閑居鄉里的苦悶，反映了內心的不平和對國事的繫念。題為「獨遊雨岩」，詞人即圍繞「獨」字來發揮，上闋寫「形」之獨，下闋寫「聲」之獨，皆表現無人和己之落寞，雨岩清溪、藍天、行雲、山谷等優美景色更加重了孤獨之情。

旅遊看點

雨岩 廣豐縣博山的一處山崖，在博山寺附近。古時岩上有泉飛瀉，飄灑如雨，故名雨岩。辛棄疾在博山有書舍距此不遠。《朱卿入雨岩，本約同遊，一詩呈之》詩中說：「雨岩只在博山隈，往往能令俗駕回。挈杖失從賢者去，住庵應喜謫仙來。中林卧壑先藏野，盤石鳴泉上有梅……」（韓淲《澗泉集》）由此可以想見當地風光之清幽。

九仙湖風景區 位於廣豐縣東北部九仙山之下。九仙湖碧波萬頃，風光旖旎，似一幅天然的山水畫卷。景區內島嶼星羅棋布，聚散有致，如大珠小珠落玉盤，湖面開闊處煙波浩渺，如一張綠色的輕紗鋪在湖面上，湖灣深處好像迷宮一樣曲折深邃，變幻莫測，景色絢麗多彩。

（一五）

謁金門

趙師俠

耽岡[1]迓[2]陸尉[3]

沙畔路，記得舊時行處。藹藹[4]疏煙迷遠樹，
野航橫不渡。
竹裏疏花梅吐，照眼一川鷗鷺。家在清江江
上住，水流愁不去。

注釋

❶ 耽岡：在吉州城南，岡下是平闊的贛江。
❷ 迓：迎。
❸ 陸尉：陸姓縣尉。
❹ 藹藹：暗淡的樣子。

背景

趙師俠（生卒年不詳），一名師使，字介之，號坦庵。宋太祖子燕王趙德昭七世孫，居於新淦（今江西新干）。淳熙二年（1175）進士。趙師俠是宗室子弟，長期浮沉於州縣下僚，卻高標脫俗，志趣雅潔，無心仕途，思慕山林。

這首詞寫於淳熙十三年（1186）初春，詞人當時在其從弟、吉州（今江西吉安）知州的幕府中，久客思鄉，此詞便是歸家之思的流露。前面詞人似乎一直在觀賞景物，心態閑淡，直到點出「清江江上」的深意，才透露出「水流愁不去」的一縷淡淡的憂愁。此時，再去品味上闋的夕陽西下、暮靄四起的迷濛景象，感受一片寂靜中的荒野渡口，小船橫漂，方覺意在象外，韻在情中。

吉安　古稱廬陵、吉州，元初取「吉泰民安」之意改稱吉安。吉安位於江西省中部，西接湖南省，攬羅霄山脈中段，贛江中游，據富饒的吉泰盆地，是江西建制最早的古郡之一，是贛文化發源地之一。吉安是孕育廬陵文化的人文古郡。古城廬陵歷史悠久，蘇軾詩云：「巍巍城郭闊，廬陵半蘇州。」這裏文化發達，以「三千進士冠華夏，文章節義寫春秋」而著稱於世。

武功山　位於吉安市安福縣西北部。主要景觀分佈在三天門、觀音岩、金頂這三個景區之中。

三天門景區　位於武功山主峯金頂的南面約 5 公里處，海拔 1000 米。三天門古稱圖坪坳，四面環山，寬闊平坦，周圍還有眾多的深谷飛瀑。這裏保存有較好的次原始林帶，名木古樹。龍潭瀑布、白龍岩瀑布是景區內兩個較大的飛瀑。

由三天門往西，沿「之」字形古道登山，約 3 公里便到了觀音岩。這裏海拔 1500 米，因其地勢險絕，時見佛光，故名觀音岩。這裏的景觀有三空禪師塔、仙逕岩刻、白法庵遺址、孝子剖魚岩等。

從白法庵順古道蜿蜒上行約 2 公里，便到了主峯金頂。這裏海拔 1918.3 米，雄踞於羣山之上，視野廣闊，無遮無攔。當海拔達 1600 米以上時，山上的樹木都消失了，四面全是以白茅為主的草甸，面積達 10 萬多畝。高山草甸成為江南罕見的風光。金頂又名白鶴峯，這裏的景觀較為集中，主要有白鶴寺遺址、葛仙壇，各種奇岩怪石，還是看日出、雲海的好地方。

（一六）

菩薩蠻

辛棄疾

書江西造口壁[1]

鬱孤台[2]下清江[3]水，中間多少行人淚。西北望長安[4]，可憐[5]無數山。

青山遮不住，畢竟東流去。江晚正愁余，山深聞鷓鴣。

注釋

❶ 造口：皂口，鎮名。在今江西省萬安縣西南六十里處。

❷ 鬱孤台：古台名，在今江西贛州市西南的賀蘭山上，因「隆阜鬱然，孤起平地數丈」而得名。

❸ 清江：贛江與袁江合流處舊稱清江。

❹ 長安：今陝西省西安市，為漢唐故都。這裏指淪於敵手的宋都汴京。

❺ 可憐：可惜。

背景

辛棄疾，見第五七頁《滿江紅》（直節堂堂）。

這首詞為宋孝宗淳熙三年（1176）詞人任江西提點刑獄，駐節贛州、途經造口時所作。當時辛棄疾南歸十餘年，在江西任刑法獄訟方面的官吏，經常巡迴往復於湖南、江西等地。來到造口，俯瞰不捨晝夜流逝而去的江水，詞人的思緒也似這江水般波瀾起伏，於是寫下了這首詞。他遙望淪陷的北方大地的方向，可惜視線被無數青山重重遮攔，痛感國勢之衰微，恨國恥之未雪，乃將滿懷之悲憤，化為此悲涼之句。最後以江晚山深的蒼茫暮色結束了苦悶之抒發，沉鬱頓挫。

旅遊看點

鬱孤台　位於贛州城區西北部賀蘭山（別名：田螺嶺）頂，海拔131米，是城區的制高點，贛州宋代古城牆自台下逶迤而過，屬市級文物保護單位，1985年12月列為第一批省級風景名勝區點。因坐落於山頂，以山勢高阜、鬱然孤峙得名。

蘇軾、辛棄疾、岳飛、文天祥、王陽明、郭沫若等歷代名人都曾在這裏留下過詩詞。鬱孤台的始建年代已經無法考證，唐代時虔州刺史李勉曾登台北望，將台更名為「望闕」。宋紹興十七年（1147）贛州知州曾慥增創二台：南邊叫「鬱孤台」，北邊叫作「望闕台」，後幾經興廢，仍名鬱孤台。1983年按清同治年間式樣重建。台有三層，高17米，佔地面積300平方米。

黃崗山　黃崗山是閩贛兩省界山，山的南麓屬於福建省，北麓屬於江西省，山頂立有兩省界石，制高點位於江西省鉛山縣桐木村境內，為大陸東南第一峯，是整個華東六省一市地區的最高山峯，號稱「華東屋脊」「武夷支柱」。攀登黃崗山，沿途可觀賞桐木關斷裂帶、古澗飛瀑，並領略植被垂直帶譜：垂直分佈在海拔350～1400米的是甜櫧、木荷等樹種羣；分佈在海拔500～1700米的是針葉闊葉過渡林帶；分佈在海拔1700～1970米處的為中山苔蘚矮曲林帶，分佈在1700～2158米的黃崗山頂部或緩坡低窪地段的為中山草甸帶，由於環境極端特殊，生育着野青茅、沼原、野古草等形成山巔綠茵「草原」。中山草甸、日出和雲海是黃崗山的一大旅遊特色。

（一七）

虞美人

明年過彭蠡，遇大風，行巨浪中，用前韻趙正之及洪州李相公，兼示開元棲隱二老。

銀山堆[1]裏廬山對。舟子[2]愁如醉。笑看五老[3]了無憂。大覺胸中雲夢、氣橫秋。

若人到得歸元[4]處。空一齊銷去。直須聞見泯然[5]收。始知大江東注、不曾流。

注釋

❶ 銀山堆：指湖水的波濤。
❷ 舟子：船夫。
❸ 五老：廬山東南有五老峯，如五位老人席地而坐。
❹ 歸元：道家指回歸本元。
❺ 泯然：指消失。

背景

向子諲，見第一九三頁《阮郎歸》(江南江北雪漫漫)。

這首詞是寫詞人於鄱陽湖中，遠望廬山的所見所感。詞作寫得氣勢動盪蒼茫，同時蘊含着對於回歸本元的道家思想的體察。在物我同一的覺悟中，詞人胸臆坦蕩，橫貫江流。

旅遊看點

鄱陽湖　位於江西省北部、長江南岸，是中國第一大淡水湖，也是中國第二大湖，僅次於青海湖，隸屬於上饒市。跨南昌、新建、進賢、余干、波陽、都昌、湖口、九江、星子、德安和永修等市縣。是我國十大生態功能保護區之一，也是世界自然基金會劃定的全球重要生態區之一。

鄱陽湖是世界上最大的鳥類保護區，「鄱陽湖畔鳥天堂，鷸鸛低飛鶴鷺翔；野鴨尋魚鷗擊水，叢叢蘆葦雁鵠藏」，每年秋末冬初，有成千上萬隻候鳥，從俄羅斯西伯利亞、蒙古、日本、朝鮮以及中國東北、西北等地來此越冬。如今，保護區內鳥類有 300 多種，近百萬隻，其中白鶴等珍禽 50 多種。鄱陽湖被稱為「白鶴世界」「珍禽王國」。

（一八）

山花子

劉辰翁

此處情懷欲問天，相期[1]相就[2]復何年。行過章江三十里，淚依然。

早宿半程芳草路，猶寒欲雨暮春天。小小桃花三兩處，得人憐。

注釋

❶ 期：約定。
❷ 就：靠近。

背景

劉辰翁（1232～1297），字會孟，號須溪，廬陵（今江西吉安）人。

這首詞或許是詞人離家遠行途中所作，細膩婉轉地寫出詞人的所感所見。劉辰翁是廬陵人，廬陵臨贛江。詞的上闋抒情，寫出情人分別後不知何時再能重會的歎息。眼淚中飽含離別之思，情懷深遠厚重。下闋寫暮春沿途所見，以寫景為主，景中含情，「芳草」這一表達鄉思離情的傳統意象，蘊含着離人的無限惆悵之情，曲折動人，彷彿彌漫天涯。詞似淡而實悲，語似直而意深，令人低迴不盡。

章江　又名章水，贛江的源頭之一。古時稱豫章水，唐時因避豫王諱，改稱章水。主要支流為章水和上猶江。章水發源於崇義聶都山，流經大余縣、南康區，流程 176.85 公里；上猶江發源於湖南汝城縣破石界鄉黃嶺山，流經崇義縣、上猶縣、南康區，流程 198 公里。章水和上猶江在南康區三江鄉三江口匯合成章江。在八境台與貢水交匯，始稱贛江。

贛江　位於長江以南、南嶺以北。是長江的第七大支流，同時是江西省最大的河流，古稱揚漢（楊漢）、湖漢、贛水等，流域面積 8.16 萬平方公里，佔江西省面積的 51%。以萬安縣、新干縣為界，分為上游、中游、下游三段。中上游多礁石險灘，水流湍急。下游江面寬闊，多沙洲。主要支流有信江、錦江等。贛州以下可以通航。舊時沿岸各地是長江下游與兩廣的交通紐帶。

第十章

無限春風來海上

對於朝廷官員而言，被貶至「天涯海角」幾乎意味着政治生命的結束。但是縱觀被貶海南的幾位文人或政治家，他們都曾積極仕進，並取得了一定功名，遭貶或由於忤逆權貴、犯顏直諫，或由於無辜蒙冤、遭受牽連，而在遭受挫折時，他們不後悔過去的立場，不懷疑自己的主張，不由於時勢而委曲求全，傲骨錚錚。他們因「雲帆萬里雄風」（胡銓《朝中措》）而抒懷，因喜觀「春牛春杖」「春幡春勝」而與民同樂（蘇軾《減字木蘭花》）。大海的氣勢是他們生平遭際的絕好寫照，給予他們豐富的精神塑造，使他們更能以一種頑強的生命力挺立於天地之間。

趙鼎

(一)

行香子

草色芊綿。雨點闌斑。糝[1]飛花、還是春殘。天涯萬里，海上三年。試倚危樓，將遠恨，捲簾看。

舉頭見日，不見長安[2]。謾凝眸、老淚淒然。山禽飛去，榕葉生寒。到黃昏也，獨自個，尚憑闌。

注釋

❶ 糝（sǎn）：碎粒，這裏指零落的花瓣。

❷ 長安：這裏代指淪陷的北宋都城臨安。典出《世說新語》：晉明帝數歲，坐元帝膝上。有人從長安來，元帝問洛下消息，潸然流涕。明帝問何以致泣，具以東渡意告之。因問明帝：「汝意謂長安何如日遠？」答曰：「日遠。不聞人從日邊來，居然可知。」元帝異之。明日，集羣臣宴會，告以此意，便重問之。乃答曰：「日近。」元帝失色，曰：「爾何故異昨日之言邪？」答曰：「舉目見日，不見長安。」

背景

趙鼎（1085～1147），字元鎮，號得全居士。解州聞喜（今山西聞喜）人。崇寧五年（1106）登進士第。累官河南洛陽令。宋高宗即位，除權戶部員外郎。建炎三年（1129），拜御史中丞。紹興年間幾度為相，任內推崇洛學，鞏固政權，號稱「小元祐」。後因反對和議，為秦檜所構陷，罷相，出知泉州。旋即謫居興化軍，移漳州、潮州安置，再移置吉陽軍（今海南三亞）。趙鼎在吉陽三年，知秦檜必欲殺己，自書銘旌曰：「身騎箕尾歸天上，氣作山河壯本朝。」不食而卒，年六十三。趙鼎被稱為南宋中興賢相之首。著有《忠正德文集》《得全居士詞》等。海口五公祠將其列入「五公」之一，供後人緬懷紀念。

詞中描繪了詞人面對殘春蕭條落花的景象，憑欄遠望的情景，抒發了對國家命運的擔憂之情。「天涯萬里，海上三年」概括了詞人被貶謫到海南的生活，萬里之遙的空間，三年之久的時間，蘊含着報國無門的深重憂憤，語甚沉痛。

三亞位於中國海南島的最南端。狹長的城市坐落在綿延數百公里的海岸線上。水清沙白的海灘，枝繁葉茂的雨林，絕美的海濱風光令三亞成為中國最著名的海濱度假勝地，享有「東方夏威夷」的美譽。

亞龍灣　位於三亞市東南28公里處，這裏海水清澈澄瑩，沙灘平緩寬闊，潔白細軟，沙質最為優越。

天涯海角　清康熙時期，曾進行了第一次全國性版圖《皇輿全覽圖》的測繪活動，位於海南島南端的天涯海角遊覽區所在地，成為這次測繪中國陸地版圖南端的標誌。負責測繪的官員們在此處剖石鐫刻「海判南天」四個大字。清雍正年間（1727），崖州知州程哲在天涯灣的一塊巨石上題刻了「天涯」二字。民國時期，抗日將領王毅又在相鄰的巨石上題寫了「海角」二字。1961年，郭沫若在「天涯」石的另一側題寫了「天涯海角遊覽區」七個大字並題詩三首。至此，天涯灣畔的這片濱海地帶便成了聞名海內外的天涯海角。

蜈支洲島　古稱「古崎洲」，又名情人島。蜈支洲島四周海水能見度在6～27米，擁有無數色彩斑斕的熱帶魚以及迷人的珊瑚礁，是三亞乃至全國的最佳潛水基地。島上還擁有全三亞最潔白的沙灘和豐富的熱帶植物，恐龍年代的龍血樹是迄今為止地球上留下的最古老的樹木。

（二）

朝中措

黃守[1]座上用六一先生[2]韻

崖州何有水連空，人在浪花中。月嶼一聲橫竹[3]，雲帆萬里雄風。

多情太守，三千珠履[4]，二肆歌鐘[5]。日下[6]即歸黃霸[7]，海南長想文翁[8]。

胡銓

注釋

❶ 黃守：黃太守。

❷ 六一先生：歐陽修曾自號「六一居士」。

❸ 橫竹：橫笛。

❹ 珠履：用珠子作為裝飾的鞋子。《史記．春申君列傳》：「春申君客三千餘人，其上客皆躡珠履。」此句寫黃太守家裝飾華貴的客人之多。

❺ 二肆歌鐘：二肆，二列。語出《左傳．襄公十一年》：「凡兵車百乘，歌鐘二肆，及其鎛磬，女樂二八。」古時唱歌，先擊編鐘，用以伴唱。編鐘，古代按次序排列的一種打擊樂器，青銅質，懸掛架上，用槌叩擊發音。據傳懸鐘十六編為一列，即一肆。

❻ 日下：指京都。

❼ 黃霸：黃霸（？～前 51），漢代陽夏人，少學律令，以勤敏、廉潔被武帝任為河南太守丞，政尚寬和，吏民愛敬。宣帝時召為廷尉正，再揚州刺史、潁州太守，治行譽冠天下，後任丞相，封建成侯。這裏借指黃太守。

❽ 文翁：漢代廬江舒人，景帝時為蜀郡守，崇教化，興學校，使當地文風大振。此處借指黃太守。

背景

胡銓（1102～1180），字邦衡，號澹庵，吉州廬陵（今江西吉安）人。建炎二年（1128）進士，授撫州事軍判官。紹興七年（1137）任樞密院編修官。因堅持抗金，上書請斬秦檜等三人，遭秦檜迫害，謫吉陽軍（今海南三亞）。檜死，始得內遷。宋孝宗時，起為工部員外郎、端明殿學士。與李綱、趙鼎、李光並稱為「南宋四名臣」。能文工詞，其中反對和議的憤世之作都筆墨酣暢，意氣雄邁。胡銓被列為海口五公祠「五公」之一。

這首詞作於詞人被貶海南期間，詞的上闋寫黃太守即將乘船離去，描繪了一幅海上壯美畫面，筆墨清新而有力。下闋有應酬之意，將黃太守比為黃霸、文翁，寓讚美、欣賞之意。

旅遊看點

天涯海角景區 —— 歷史名人雕塑園 在天涯海角景區，除了可以飽覽自然景觀，還可以在歷史名人雕塑園中，遙想懷思。這裏有十一位歷史名人的雕塑，其中有祖國海疆的開拓和護衞先驅，有被封建朝廷貶謫的良臣高官，有推進文化技術交流的使者，也有本地的傑出人物和愛國志士，包括黃道婆、鑒真、李德裕、趙鼎、胡銓等。他們的人生都曾與崖州（今三亞）發生過千絲萬縷的聯繫，每一尊名人雕塑背後都有一段可歌可泣的故事。

（三）

減字木蘭花

蘇軾

立春[1]

春牛春杖[2]，無限春風來海上。便丐[3]春工，
染得桃紅似肉紅。
春幡[4]春勝[5]，一陣春風吹酒醒。不似天涯，
捲起楊花似雪花。

注釋

❶ 也有版本題為「己卯儋耳春詞」。儋耳：今海南省儋州市。

❷ 春杖：指耕夫持犁仗侍立。後亦有「打春」之俗，由人扮「勾芒神」，鞭打土牛。

❸ 丐：乞求。這裏是把春神人格化。

❹ 春幡：即「青幡」，指旗幟。或掛春幡於樹梢，或剪繒絹成小幡，連綴簪之於首，以示迎春之意。

❺ 春勝：舊俗於立春日剪彩成方勝為戲，或為婦女的首飾，稱為春勝。

背景

蘇軾，見第一五頁《臨江仙》（忘卻成都來十載）。

這首詞作於宋哲宗元符二年（1099），是時蘇軾雖謫居海南儋耳，政治失意，但他以歡快的基調謳歌海南之春，上、下闋均從立春時節民間喜慶的習俗寫起，把天涯海角寫得氣象壯闊而又色彩豔麗，體現了與民同樂的心境，生活氣息濃郁，樸實親切。詞人善於發現美、感受美，表現出興致盎然的情趣，體現出曠達的情懷、樂觀的人生態度，同時「不似天涯」的感歎顯得含韻深長。詞人另有一首詩歌《儋耳》，中間兩聯描述海南大自然的瑰麗，以及田間老人發出豐年的讚語：「垂天雌霓雲端下，快意雄風海上來。野老已歌豐歲語，除書欲放逐臣回。」同樣表現了蘇軾的慷慨浩然之氣，以及同當地百姓休戚與共的情感，可與此詞並看。

儋州　位於海南島的西北部，悠久的歷史給儋州市留下了眾多古跡，如漢代伏波井、中和古鎮、東坡書院等。儋州本地居民在蘇東坡帶來的良好文化氛圍影響下，愛好吟詩作對，使儋州素有「詩鄉歌海」之稱，有許多民間詩社。儋州人也喜愛唱歌，其中儋州山歌和調聲最為盛行，「儋州調聲」已入選第一批國家級非物質文化遺產名錄。

東坡書院　位於儋州市中和鎮，離現儋州市政府所在地那大鎮 40 多公里，是為紀念蘇東坡而修建的。東坡書院的前身是載酒堂，是好友黎子雲等人籌資為蘇東坡建的，是蘇東坡居住生活、講學授書、喝酒會友的地方。經過幾個朝代的擴建，成為現在這個規模。明代時，載酒堂更名為東坡書院。書院內大殿和兩側耳房展出相關文物史料。

漁家傲

（四）

予頃在瓊山，見桃李甚盛，但臘月已開盡，三春未嘗見桃花，每以為恨。今歲寓昌江，二月三日與客遊黎氏園，偶見桃花一枝。羊君荊華折以見贈，恍然如逢故人。歸插淨瓶中，累日不凋。予既作二小詩，同行皆屬和。忽憶吾鄉桃花塢之盛，每至花發，鄉中人多醵會往遊。醉後歌呼，今豈復得，緬懷疇昔，不無感歎，因成長短句，寄商叟、德矩二友。若悟此空花，即不復以存沒介懷也。

海外無寒花發早，一枝不忍簪[1]風帽。歸插淨瓶[2]花轉好，維摩老[3]，年來卻被花枝惱。

忽憶故鄉花滿道，狂歌痛飲俱年少。桃塢[4]花開如野燒，都醉倒，花深往往眠芳草。

李光

注釋

❶ 簪：這裏是「插」「戴」的意思。

❷ 淨瓶：僧人隨身攜帶，在瓶中儲水，用來洗手。淨瓶也是一種供具。

❸ 維摩老：佛教語，代指自己。

❹ 塢：地勢周圍高中間凹的地方。

背景

李光（1078～1159），字泰發，一作字泰定。越州上虞（今浙江上虞東南）人。南宋四名臣之一、文學家、詞人。崇寧五年（1106）進士，調知開化縣，移知常熟縣。累官至參知政事，因與秦檜不合，出知紹興府，改提舉洞霄宮。紹興十一年（1141），貶藤州安置，後更貶至昌化軍（今海南省儋州市）。秦檜死，內遷郴州。紹興二十八年，復左朝奉大夫。紹興二十九年，致仕，行至江州卒，年八十二。宋孝宗即位後，贈資政殿學士，賜謚莊簡。

詞人在小序中記述了填此詞的由來：謫居瓊州之時，見桃李甚盛，但臘月花已開盡，以三春未見桃花為憾。此時二月於黎氏園偶見桃花，喜出望外，欣然揮筆，賦成此詞。詞中寫道，海南的冬天沒甚麼寒意，因此桃花早開，臘月即開盡。偶遇三春桃花，故而詞人極為珍愛。由此回憶故鄉桃花盛開時俊遊痛飲、醉卧花叢的情景，含蓄地表露了懷思之情。從這首詞中「淨瓶」「維摩老」等措辭，還可以看出詞人對佛理的親近和參悟。

旅遊看點

中和古鎮　古為儋州州治，由於蘇軾對本地文化的影響，這裏的人都很愛吟詩作對，中和鎮享有「詩對之鄉」的美譽。這裏古跡不少，鎮東有東坡書院、桄榔庵、東坡井等，宋代建築的古城至今尚保存有西、北兩個城門。

石花水洞　位於儋州市雅星鎮英島山下，北鄰熱帶植物園景區，南鄰著名熱帶雨林尖峯嶺景區，為海南難得的特色地質景觀。1998年，八一農場進行石灰石採掘時，在英島山意外發現了一個石花溶洞。次年，中國地質學會洞穴研究專家考察後認為，這是中國乃至世界上都十分罕見的石花溶洞，形成於 140 萬年以前，並建議將其命名為「石花水洞」。

宋詞中的旅遊（下）

主編　李金早
責任編輯　鍾昕恩
裝幀設計　綠色人
排版　賴艷萍
印務　劉漢舉

出版
中華教育
香港北角英皇道 499 號北角工業大廈 1 樓 B
電話：(852) 2137 2338　傳真：(852) 2713 8202
電子郵件：info@chunghwabook.com.hk
網址：http://www.chunghwabook.com.hk

發行
香港聯合書刊物流有限公司
香港新界大埔汀麗路 36 號
中華商務印刷大廈 3 字樓
電話：(852) 2150 2100　傳真：(852) 2407 3062
電子郵件：info@suplogistics.com.hk

印刷
美雅印刷製本有限公司
香港觀塘榮業街 6 號
海濱工業大廈 4 樓 A 室

版次
2019 年 3 月第 1 版第 1 次印刷

規格
16 開（230mm × 150mm）

ISBN
978-988-8572-29-8